跟著 韓劇 韓歌 學韓語

101句不能忘的經典

著者／　　　審訂／　　　譯者／
朴芝英　　　楊人從　　　鄒雨靜

推薦文

　　本書蒐集 61 篇韓劇裡的經典台詞和主題曲歌詞的精華，加以翻譯、舉例說明。

　　韓劇裡男女主角的對話不離思慕愛情，所以本書也可以說是韓式愛慕之情的專書，這些不食人間煙火的對話，對一般人來說或許難以說出口，但作者就台詞內容另舉對話例以明其用途，在學習韓語上有相當大的用處。

　　藉由這些台詞、歌詞，我們可以深入了解韓國人的思維邏輯、處理感情的態度，並增進文化交流的深度。

楊人絃 謹誌

2016 年 8 月　於北投

序

　　時常聽人說現代人需備三項條件：一為外語、二為歷史、三為哲學。

　　在外語這項條件中，若能更再增加了解第二外語者，更能增加自身眺望世界的能力。

　　筆者有鑑於此，期望能在這無數外語的領域上，給予對韓語有興趣的讀者們一些幫助，進而著手編撰此書。因為人皆常言若欲善用某國語言者，不得不亦涉略其文化。筆者對此深表共感，同時因為長居台灣，自己也持有那份想深入認識台灣文化的初心。

　　相同地，筆者身為韓國人，衷心希望能幫助韓語學習者在日常口語上精進，從這樣的一份心意出發，為讀者介紹了這些能以最輕鬆的方式接觸到的大眾文化，尤其若能夠透過電視連續劇與電影內容的方式來提升韓語學習效果的話，那真可謂一箭雙鵰之功效呀。

　　原先構想此書之際，預計收集整理 2000～2015 年之間的電視劇作品。但是因為當時演員－－安在旭，讓筆者充分感受到韓流明星的魅力，以及隨之而來多方面的影響，因緣際會，藉此描繪了對於吟霞姐姐的回憶，因此往前追溯至 1997 年的《星星在我心》開始撰寫。本書收錄內容更包括了 2013 年引發熱門話題《來自星星的你》，以及 2016 年更受歡迎的《太陽的後裔》。

本書當中所介紹的作品皆由筆者依對於韓劇的了解及經驗判斷所選定之內容，因此，本書當中所介紹的台詞內容皆為經典台詞，加上了 OST 後更加豐富多元。筆者持續一一整理個人感受及印象最深之處，在回憶每部作品之際，確實有一種無法畢竟全功的遺珠之憾，期盼未來能有機會再向各位對韓語有興趣的讀者介紹。

　　最後，本書得以出版，非常感謝所有給予幫助編輯之各位先進朋友，在此真心表達謝意，並特別感謝我的指導教授楊人從老師的審訂。謝謝！

朴芝英　謹誌

2016 年 8 月　於台北

跟著

韓劇韓歌學韓語

101 句不能忘的經典

Table of Contents 한국어를 알아보기

韓劇 드라마

1. 星星在我心 - 별은 내 가슴에 (1997) - MBC Production 10
2. 順風婦產科 – 순풍 산부인과 (1998) - JJ Production 13
3. 醫道 – 허준 (1999) - MBC Production 16
4. 火花 – 불꽃 (2000) - Samhwa Production 20
5. 愛上女主播 – 이브의 모든 것 (2000) - MBC Production 22
6. 藍色生死戀 – 가을동화 (2000) 25
7. 明成皇后 – 명성황후 (2001) - Samhwa Networks 28
8. 商道 – 상도 (2001) 30
9. 冬季戀歌 – 겨울연가 (2002) - Pan Entertainment 34
10. 開朗少女成功記 – 명랑소녀 성공기 (2002) - Group Eight 38
11. 羅曼史 – 로망스 (2002) 41
12. 人魚小姐 – 인어 아가씨 (2002) 43
13. All In 真愛宣言 – 올인 (2003) - Chorokbaem Media 46
14. 茶母 – 다모 (2003) 48
15. 大長今 – 대장금 (2003) – Pmc Production, MBC Production 52
16. 天國的階梯 - 천국의 계단 (2003) - Logos Films 55
17. 峇里島的日子 – 발리에서 생긴 일 (2004) – 李金 Production 57
18. 巴黎戀人 – 파리의 연인 (2004) - Castles In The Sky 61

19. 浪漫滿屋 – 풀하우스 (2004) - 金鍾學 Production 64

20. 對不起，我愛你 – 미안하다, 사랑한다 (2004) - Group Eight 66

21. 我叫金三順 – 내 이름은 김삼순 (2005) 69

22. 布拉格戀人 – 프라하의 연인 (2005) 71

23. 宮-野蠻王妃 – 궁 (2006) – Eight Fix 75

24 朱蒙 – 주몽 (2006) - Olive Nine 78

25. 黃真伊 – 황진이 (2006) - Olive Nine 81

26. 女人的戰爭 - 내 남자의 여자 (2007) - Samhwa Networks, SeGo

   Entertainment, Media plant 84

27. 咖啡王子一號店 – 커피프린스 1호점 (2007) 87

28. 真愛 On Air – 온에어 (2008) –K-dream 90

29. 花樣男子 – 꽃보다 남자 (2009) - Group Eight 92

30. 賢內助女王- 내조의 여왕 (2009) - DRM Media 94

31. 善德女王 – 선덕여왕 (2009) - Time box Production 97

32. 原來是美男 – 미남이시네요 (2009) - Bon factory, Market insight 99

33. IRIS – 아이리스 (2009) - 泰元 Entertainment, H plus 101

34. 料理絕配 Pasta– 파스타 (2010) - Olive Nine 103

35. 同伊 – 동이 (2010) - Leader's content company 105

Table of Contents 한국어를 알아보기

36. 麵包王金卓求 – 제빵왕 김탁구 (2010) – Samhwa Networks 108

37. 成均館緋聞 – 성균관 스캔들 (2010) – RaemongRaein(來夢來人), C-JeS 110

38. 祕密花園 – 시크릿 가든 (2010) – Hwa&Dam Pictures 113

39. 夢想起飛 – 드림하이 (2011) – KEYEAST, JYP Entertainment , CJ Media 115

40. 最佳愛情 – 최고의 사랑 (2011) – MBC 118

41. 需要浪漫 - 로맨스가 필요해 (2011) – CJ E&M, JSpictures 121

42. 樹大根深 - 뿌리 깊은 나무 (2011) – Sidus hq 123

43. 擁抱太陽的月亮 – 해를 품은 달 (2012) – Pan Entertainment 127

44. 屋塔房王世子 – 옥탑방 왕세자 (2012) – SBS plus 130

45. 紳士的品格 – 신사의 품격 (2012) - CJ E&M, Hwa&Dam Pictures 132

46. 請回答1997 – 응답하라 1997 (2012) - tvN, CJ E&M 135

47. 聽見你的聲音 – 너의 목소리가 들려 (2013) - DRM MEDIA, 金鍾學 Production 138

48. 主君的太陽 – 주군의 태양 (2013) - Bon factory 140

49. 繼承者們 – 상속자들 (2013) - Hwa&Dam Pictures 143

50. 奇皇后 – 기황후 (2013) - 李金 Production 145

51. 那年冬天風在吹 - 그 겨울, 바람이 분다 (2013) 148

4

52. 來自星星的你 – 별에서 온 그대 (2013) - HB Entertainment 151

53. 鄭道傳 – 정도전 (2014) - KBS 153

54. 沒關係，是愛情啊 – 괜찮아 사랑이야 (2014) - GT Entertainment, CJ E&M 155

55. 未生 – 미생 (2014) - Number Three Pictures 158

56. 一起用餐吧 – 식샤를 합시다 (2015) 160

57. 變身情人 – 킬미, 힐미 (2015) - (株) Pan Entertainment 162

58. 製作人 – 프로듀사 (2015) - Chorokbaem Media 164

59. 龍八夷 – 용팔이 (2015) - HB Entertainment 167

60. 她很漂亮 – 그녀는 예뻤다 (2015) - Bon factory 169

61. 太陽的後裔 – 태양의 후예 (2016) – Hwa&Dam Pictures 171

韓劇 OST 드라마 OST

62. 星星在我心 (별은 내 가슴에 / 1997) – Forever *안재욱 - MBC Production 174

63. 鋼琴別戀 (피아노 / 2002) - 내 생애 봄날은 간다 *CAN 176

64. 羅曼史 (로망스 / 2002) – Promise *한성호 179

65. 危機的男人 (위기의 남자 / 2002) - 미련한 사랑 *JK김동욱 - 李觀熙 Production 181

Table of Contents 한국어를 알아보기

66. All In 真愛宣言 (올인 / 2003) 처음 그 날처럼 *박용하 -
Chorokbaem Media 184

67. 巴黎戀人 (파리의 연인 / 2004) - 너의 곁으로 *조성모 187

68. 對不起，我愛你 (미안하다, 사랑한다 / 2004) - 눈의 꽃 *박효신 -
Group Eight 189

69. 峇里島的日子 (발리에서 생긴 일 / 2004) – My love *이현섭 -
李金 Production 192

70. 火鳥 (불새 / 2004) – 인연 *이승철 - Samhwa Production 194

71. 天國的階梯 (천국의 계단 / 2004) - 보고 싶다 *김범수 -
Logos Films 197

72. 巴黎戀人 (파리의 여인 / 2004) - 사랑해도 될까요 *유리상자 -
Castles In The Sky 199

73. 我叫金三順 (내 이름은 김삼순 / 2005) - SHE IS *클래지콰이어
.... 201

74. 女人的戰爭 (내 남자의 여자 / 2007) – 사랑아 *The one -
Samhwa Networks, SeGo Entertainment 204

75. 我人生最後的誹聞 (내 생애 마지막 스캔들 / 2008) - 애인 있어요
*이은미– Logos Films 206

76. IRIS (아이리스 / 2009) – 잊지 말아요 *백지영 -
泰元 Entertainment, H plus 208

77. 麵包王金卓求 (제빵왕 김탁구 / 2010) - 그 사람 *이승철 - Samhwa Networks 210

78. 灰姑娘的姐姐 (신데렐라 언니 / 2010) - 너 아니면 안돼 *예성 - Astory 212

79. 祕密花園 (시크릿 가든 / 2011) - 그 남자 *백지영 - Hwa&Dam Pictures 213

80. 來自星星的你 (별에서 온 그대 / 2013) - MY Destiny *LIN - HB Entertainment 215

81. 太陽的後裔 (태양의 후예 / 2016) - You are my everything *거미 216

電影 영화 電影 OST 영화 OST

82. 情書 – 편지 (1997) – 감독 : 이정국 / 주연 : 최진실, 박신양 217

83. 傷心街角戀人 – 접속 (1997) – 감독 : 장윤현 / 주연 : 한석규, 전도연 218

84. 約定 – 약속 (1998) – 감독 : 김유진 / 주연 : 박신양, 전도연 220

85. 春逝 - 봄날은 간다 (2001) – 감독 : 허진호 / 주연 : 유지태, 이영애 - Sidus Pictures 222

86. 我的野蠻女友 - 엽기적인 그녀 (2001) – 감독 : 곽재용 / 주연 : 차태현, 전지현 - ShinCine 224

Table of Contents 한국어를 알아보기

87. 菊花香 - 국화꽃 향기 (2003) – 감독 : 이정욱 / 주연 : 장진영, 박

　해일 - 泰元 Entertainment ·· 225

88. 腦海中的橡皮擦 - 내 머리 속의 지우개 (2004)

　감독 : 이재한 / 주연 : 정우성, 손혜진 – Sidus Pictures ······ 226

89. 你是我的命運 - 너는 내 운명 (2005) – 감독 : 박진표 / 주연 :

　전도연, 황정민, 나문희 - (株)電影社<春> ····························· 227

90. 我們的幸福的時光 - 우리들의 행복한 시간 (2006) – 감독 : 송해

　성 / 주연 : 강동원, 이나영 – U Films ································· 228

91. 戀愛操作團 - 시라노; 연애 조작단 (2010)

　감독 : 김현석 / 주연 : 엄태웅, 이민정, 박신혜, 최다니엘 -

　Myung Films ·· 230

電影 OST 영화 OST

92. 同感 (동감 / 2000) - 너를 위해 *임재범 - White Lee

　Entertainment ·· 231

93. 我的野蠻女友 (엽기적인 그녀 / 2001) - I Believe *신승훈 -

　ShinCine ·· 232

94. 假如愛有天意 (클래식 / 2002) - 너에게 난 나에겐 넌

　*자전거 탄 풍경 - Egg Films ·· 234

95. 王的男人 (왕의 남자 / 2005) – 인연 *이선희 - Cine World, Eagle Pictures ⋯⋯⋯⋯⋯⋯⋯⋯⋯⋯⋯⋯⋯⋯⋯⋯⋯⋯⋯ 235

96. Maria (김아중) – 미녀는 괴로워(2006) *김아중 – KM Culture, Real rist Pictures ⋯⋯⋯⋯⋯⋯⋯⋯⋯⋯⋯⋯⋯⋯⋯⋯ 238

97. 急速醜聞 (과속 스캔들 / 2008) - 아마도 그건 *박보영 - Toilet Pictures, DCG plus ⋯⋯⋯⋯⋯⋯⋯⋯⋯⋯⋯⋯⋯⋯ 240

98. 大叔 (아저씨 / 2010) - Mad Soul Child *Dear - Opus Pictures ⋯⋯⋯⋯⋯⋯⋯⋯⋯⋯⋯⋯⋯⋯⋯⋯⋯⋯⋯⋯⋯⋯⋯ 242

99. 與犯罪的戰爭：壞傢伙的全盛時代 (범죄와의 전쟁 / 2012) - 풍문으로 들었소 *장기하와 얼굴들 – Showbox palette Pictures ⋯⋯ 243

100. 初戀築夢101 (건축학 개론 / 2012) - 기억의 습작 *김동률 – Myung Films ⋯⋯⋯⋯⋯⋯⋯⋯⋯⋯⋯⋯⋯⋯⋯⋯⋯⋯ 245

101. 奇怪的她 (수상한 그녀 / 2014) - 하얀 나비 *심은경 – Yean plus ⋯⋯⋯⋯⋯⋯⋯⋯⋯⋯⋯⋯⋯⋯⋯⋯⋯⋯⋯⋯⋯⋯ 248

"사랑한다. 죽을 때까지."

我愛妳，至死不渝。

■ 劇名：星星在我心 별은 내 가슴에

■ 導演：李昌瀚

■ 主演：安在旭、崔真實、車仁表

■ 播放期間：1997.03.10 ～ 1997.04.29

劇情簡介

　　這是一部描述孤兒院出身的孤兒成為時裝設計師的連續劇。劇中女主角在與財閥之子以及當紅偶像的三角關係中克服所有的困境，最終實現了愛情及事業。這部連續劇在 1990 年代末期引進到台灣，即便稱作是台灣「第一部韓流連續劇」也不為過。

　　這一句話是男主角在與女主角吵架後，為了和女朋友和好，因此到義大利米蘭與正在當地出差的女朋友重逢。兩人共度了一晚後，男主角在不得已必須先回韓國的情況下，在留給女主角的便條紙上寫下了這句話。實際上，當時在韓國大多數的男生向女朋友告白時，也經常使用這句話。

例子

♥ 사랑 (名) 愛：愛情

A : 너를 정말로 사랑해.

B : 저도 당신을 영원히 사랑해요.

A : 사랑한다. 죽을 때까지. 나와 결혼해 줄 거지?

B : 그럼요. 저도 당신과 행복한 가정을 만들고 싶어요.

A : 我真的很愛妳。

B : 我也永遠愛你。

A : 我愛妳，至死不渝。妳願意嫁給我嗎？

B : 當然，我也想跟你共組幸福美滿的家庭。

♥ 죽다 (動) 死：死亡

A : 죽는 날까지 당신을 사랑할 거예요.

B : 저도 당신을 죽는 날까지 놓지 않을 거예요.

A : 我會愛妳一輩子。

B : 我至死也不會放開你的手。

key word

◆ 정말 [副] – 真的　　　◆ 사랑하다 [動] – 愛情

◆ 영원하다 [形] – 永遠　◆ 결혼하다 [動] – 結婚

◆ 행복하다 [形] – 幸福　◆ 가정 [名] – 家庭

★ 文法解析

1. 動詞 + 고 싶다 ：想 / 想要

저는 멜로드라마 (melodrama) 를 보고 싶어요.
我想看愛情片。

저는 빅뱅 콘서트 (Big Bang concert) 에 가고 싶어요.
我想看 Big Bang 的演唱會。

저는 남자 친구와 헤어지고 싶어요.
我想跟男朋友分手。

2. 動詞/形容詞 + 지 않다 [안타] ：不~ / 沒有

저는 멜로드라마를 보고 싶지 않아요.
我不想看愛情片。

저는 빅뱅 콘서트에 가고 싶지 않아요.
我不想看 Big Bang 的演唱會。

저는 남자 친구와 헤어지고 싶지 않아요.
我不想跟男朋友分手。

"아, 장인어른 왜 그러세요"

啊！岳父怎麼這樣

劇名：順風婦產科 순풍 산부인과

導演：金炳煜

主演：吳志明、朴榮奎、宋慧喬

播放期間：1998.03.02 ～ 2000.12.01

劇情簡介

　　自 1988 年 3 月 2 日播放至 2000 年 12 月 1 日，共 682 集。這部情境喜劇播出後，創造出各種流行語，人氣更勝一般電視劇，被視為打開韓國情境喜劇全盛時代的連續劇。

　　這齣劇以劇中人物鮮明的形象為中心，真誠並寫實刻劃的情境劇。同時，執導本劇、被稱做為「情境劇的米達斯之手」的金炳煜導演，自 1995 年的《LA 阿里郎》開始，到目前在台灣仍播出的 2006 年《搞笑一家人》以及 2013 年的《馬鈴薯星球》為止，至今總共執導了九部情境劇，在韓國的電視史上、在韓國情境劇的領域當中，他是獨一無二的導演，未來他後續的作品也更加受到期待。

　　這一句話是當時韓國社會中也很少見的女婿的「入贅生活」，個性急躁又經不起稱讚的「甲方」岳父角色和為了小小的利益也可以豁出生命又單純的「乙方」女婿角色之間發生的狀況劇，女婿在無法反抗岳父並感到委屈的情況下，這句話可以被看作是向岳父抗辯的一句話。

例子

♥ 장인어른 (名) 岳父

A : 저는 제 장인어른께 항상 감사해요.

B : 무슨 좋은 일이라도 있었어요?

A : 네, 저희 부부가 결혼할 때 가장 먼저 축하해 주신 분이
시거든요.

B : 장인어른께서 사윗감이 마음에 드셨나 보네요.

A : 我一直很感謝我的岳父。

B : 曾經有幫助過你什麼嗎？

A : 我們夫妻結婚時，他是最先祝賀我們的人。

B : 看來岳父很滿意你這個女婿呢。

♥ 왜 (副) 為什麼

A : 왜 그러세요? 표정이 많이 안 좋아 보이세요.

B : 다른 게 아니라, 어제 남자 친구와 헤어졌거든요.

A : 妳怎麼了？臉色看起來很差。

B : 其實，因為我昨天跟男朋友分手了。

key
word

◆ 감사하다 [動] – 感謝　◆ 제 [代] – 我的

◆ 부부 [名] – 夫婦　◆ 사윗감 [名] – 未來的女婿

◆ 표정 [名] – 表情　◆ 헤어지다 [動] – 分手

1. 動詞/形容詞 + (으)ㄹ 때　：～時

시간이 있을 때 주로 뭘 해요?

你平常有空時做什麼呢？

저는 해외 여행을 갈 때 혼자 가요.

我要去海外旅行時，我自己一個人去。

여자는 사랑을 할 때 가장 아름다워 보인다.

女人在談戀愛時，看起來最美。

2. 名詞 + 이/가 아니다　：不是～

그 남자는 제 남자 친구가 아니라 제 남동생이에요.

那個男人不是我的男朋友，而是我的弟弟。

제가 좋아하는 배우는 김수현이 아니라 바로 이민호예요.

我喜歡的明星不是金秀賢，是李敏鎬。

◎ 芝英打個岔

　　在韓語中，接辭「살이~生活」是使用在字根後面的接尾辭，用來表達「從事某種工作或居住在某處的生活」。不過事實上，對於時下的韓國人而言，則大部分活用在表現弱者或被認為是弱者。例如自古以來的「종살이 傭人生活」、「피난살이逃難生活」、「타향살이客居生活」、「월세살이租屋生活」、「더부살이寄生生活」、「감옥살이監獄生活」等等，而在上述的例句當中表現的「처가살이入贅生活」則代表了在岳父面前絕對無法堂堂正正抬起頭的軟弱女婿立場。

　　另外，「처가살이入贅生活」的反義詞是「시댁살이婆家生活」。「娘家生活」的反義詞則是「本家生活」，不過「婆家生活」以及「本家生活」並未收錄進韓國的《國立國語院　標準國語大辭典》當中。筆者認為這正是一個可以仔細觀察深根於儒教思想的韓國父系社會制度的例子。

"의원은 생명을 다루는 것이니,
그 어느 생업보다도 고귀한 일이다
허나 아무리 귀하다 한들,
마지막 한 가지를 깨우치지 못하면
진정한 의원이라 할 수 없으니
그것이 바로 사랑이다."

醫生這個職業能決定生死，比其他任何職業還高貴。

然而不論再高貴，倘若最終都無法領悟一件事情的話，便無法算是真正的大夫，那就是「愛」。

劇名：醫道 허준	
導演：李丙勛	
主演：全光烈、黃秀貞、李順宰	
播放期間：1999.11.29 ～ 2000.06.27	

劇情簡介

　　從小妾之子，變成朝鮮時代頂尖名醫的許浚，憑藉著對人類崇高的愛以及偉大的表現，受到許多人的尊敬。這部電視劇講述的是《東醫寶鑑》作者許浚一波三折的一生，以及神祕的東方醫學。

　　這一句話是罹患胃癌的老師在過世之前留給徒弟許浚的遺書的一部分。老師直到死前都還在囑咐徒弟許浚要致力於醫生的義務 -- 精進醫術；同時，也留下了將自己死後大體用於解剖之用的遺言。不過比起醫生的義務，還有更重要的東西，那就是他一直強調對待患者的醫生素質絕對不能忽略「愛」的這項教誨。

♥ 의 원 (名)醫院/ 의 사 (名)醫師

A : 의사 선생님, 감기인가 봐요.

B : 특별한 증상이 있어요?

A : 네, 목이 많이 아프고 열도 나요.

B : 그럼, 약을 처방해 줄 테니까 오늘은 집에 가서 푹 쉬세요.

A : 醫生，我好像感冒了。

B : 有什麼特殊的症狀嗎？

A : 有，喉嚨很痛，又發燒。

B : 那我開藥給你，今天回家好好休息。

♥ 아 무 리 (副) 無論如何；不管怎麼樣

A : 제 친구가 화가 많이 났나 봐요.

B : 왜요? 무슨 일이 있었어요?

A : 어제 약속 시간에 1시간이나 기다리게 했거든요.

　　아무리 사과를 해도 화를 풀지 않아요.

B : 저런, 마음이 편하지 않겠어요.

A : 我朋友好像很生氣。

B : 怎麼了？發生了什麼事？

A : 昨天的約會，我讓他等了一個小時。

不管我怎麼跟他道歉，他還是一樣生氣。

B : 唉呀，你心裡一定很不好受。

♥ 마지막 (名) 最後，最終

A：오늘이 한국에서의 마지막 밤이네요.

B：그러게요. 너무 아쉬워서 잠도 안 와요.

A：아무래도 내년에 꼭 다시 와야겠어요.

B：저도 같은 생각이에요.

A：今天是在韓國的最後一晚。

B：是啊，因為太捨不得，都睡不著了。

A：不管怎麼樣，我明年一定要再來。

B：我也是這麼想。

key word

◆ 감기이다 [動] － 感冒　　◆ 증상 [名] － 症狀

◆ 사과 [名] － 道歉　　◆ 아쉽다 [形] － 捨不得

◆ 잠 [名] － 睡覺　　◆ 생각 [名] － 想法

文法解析

1. 動詞/形容詞 + (으)ㄴ/는가 보다　：好像～，可能～

저 사람들은 커플이 아닌가 봐요.

他們好像不是情侶的樣子。

많이 힘들어 보여요. 아마도 아픈가 봐요.

你看起來很累，可能生病了吧。

계속 기침을 하네요. 감기에 걸렸나 봐요.

你一直在咳嗽，可能是感冒了。

2. 動詞/形容詞 + 네요　～耶，～啊

한국어를 정말 잘하시네요.

你韓語說得真好耶。

벌써 2016 년이네요. 시간이 참 빠르게 지나가네요.

已經是 2016 年了。時間過得真快啊。

◎ 芝英打個盆

동의보감（유네스코 세계기록유산 – Memory of the world）-《東醫寶鑑》
（聯合國教科文組織的世界紀錄遺產）

《東醫寶鑑》是負責照顧君王的疾病及健康的太醫許浚（1546-1615）收到王的命令，搜集中國及韓國的醫學書籍，編纂成共 25 卷 25 冊的醫學專業書籍。在所有的醫學書籍當中，《東醫寶鑑》是全世界最早的，於 2009 年 7 月 31 日被登記為聯合國教科文組織的世界紀錄遺產，它的價值也同時獲得了肯定。

"길게 잡아서 한 달만 아무 일 없는 듯이 같이 있자.
그럼, 원하는 대로 해 줄게. 그것도 못해 주겠니?"

再長了不起也就一個月，就裝作什麼事也沒有發生過似的在一起吧！
這樣的話，我會順你的意思去做的。你連這樣都做不到嗎？

劇名：火花 불꽃

導演：鄭乙英

主演：車仁表、李英愛、李璟榮

播放期間：2000.02.02 ～ 2000.05.18

劇情簡介

　　這是一個四名男女在所謂愛情的世界當中經歷渾沌及混亂，一邊尋找著真愛的人生故事。這部連續劇在播放預告的時間正是家人聚在一起觀賞電視的時段，而因為播放了愛撫場面等的煽情畫面，還因此受到了懲罰。透過這部連續劇，觀眾們無法不對李英愛脫胎換骨、與以往完全不同的演技感到驚訝。同時，本齣連續劇可以說是劇中女主角李英愛在 2003 年的《大長今》前，先以本劇在台灣打出知名度，為日後奠定基礎的關鍵。

　　場景是女主角向丈夫提出離婚的要求，覺得再也無法忍受而離開家門。之後，丈夫千方百計地打聽後，終於找到了妻子。這句話是丈夫聽完了妻子的心事後，看著毫不動搖的妻子，最後忍不住開始哽咽而向妻子說出的台詞，也是車仁表表現出男人痛徹心扉的愛情，而演技大放異彩的台詞。

♥ 원하다 (動) 希望

A : 자기, 사귄 지 3주년 되는 날 뭐하고 싶어? 내가 원하
는 대로 다 해 줄게.

B : 정말이요? 음, 그냥 당신이 늘 내 옆에 든든하게 있어
줬으면 좋겠어요.

A : 그건 당연한 거고. 정말 원하는 선물 없어?

B : 진짜 없어요. 당신의 그 마음이면 충분해요.

A : 親愛的，交往三週年那天想做些什麼呢？妳想做什麼
都可以。

B : 真的嗎？嗯～你只要一直踏實地在我身邊就可以了。

A : 那是當然的！真的沒有想要什麼禮物嗎？

B : 真的沒有！我有你的心，那就足夠了。

key word

◆ 든든하다 [形] ─ 牢固　　◆ 선물 [名] ─ 禮物

◆ 충분하다 [形] ─ 充分　　◆ 진짜 [副] ─ 真的

ㅊ
한국어를 알아보기

> "어떤 영화에서 그러더라,
> 발찌를 선물하면 다음 생애에서도 만난다고,
> 우리 다음 생애에서도 만나자"

某部電影裡面曾說過，

如果用腳鍊當作禮物的話，下輩子還會再相見。
我們下輩子也會再相見吧！

劇名：愛上女主播 이브의 모든 것

導演：李真錫

主演：韓在石、金素研、張東健、蔡琳

播放期間：2000.04.26 ～ 2000.07.06

劇情簡介

這是一部描述兩個女主角擁有共同的夢想，想爬到所謂電視台之花－女主播最高地位的連續劇。個性善良的甄善美（蔡琳）以及擁有漂亮外表的徐迎美（金素妍）之間鮮明的演技對決，以至眼裡看不見男主角們，這個饒富趣味的故事發展結構，以一般民眾難以接觸到的電視台為背景，是一部新潮的連續劇。特別是女主角之一的蔡琳更是挾著這部連續劇的高人氣進軍台灣演藝圈。蔡琳進而以在台灣的人氣作為跳板，現在在中國大陸也相當活躍。另外，《愛上女主播》也於 2010 年在中國大陸被重新翻拍，原作中的女主角蔡琳也在翻拍的作品當中特別演出，嘗試另類特別的體驗。

這一句話是男主角（張東健）在為女主角（蔡琳）戴上準備好的生日禮物 —— 腳鍊時的告白台詞。直到 2000 年代，當時戒指依然是唯一的求婚禮物，不過隨著這句台詞的意義，腳鍊開始包含在女生希望從男朋友那邊收到的禮物清單中。

♥ 생애 (名) 輩子

A : 생애의 좌우명이 있어요?

B : 네, 저는 이번 생애에서 '후회하지 않는 삶'을 살고 싶어요.

A : 과연 사람이 '후회하지 않는 삶'을 살 수 있을까요?

B : 그렇게 살기 위해서 최선을 다해 노력하려고요.

A : 你這輩子的座右銘是什麼？

B : 我這輩子想過著不後悔的生活。

A : 人真的能不後悔地活著嗎？

B : 為了過著這樣的生活，我會盡全力。

◆ 좌우명 [名] － 座右銘　　◆ 후회하다 [動] － 後悔

◆ 삶 [名] － 人生　　　　　◆ 노력하다 [動] － 努力

★文法解析

1. 動詞 + (으)ㄹ 수 있다 & 없다　：會不會 ~；能不能 ~

외국인과 결혼할 수 있어요?
你可以接受和外國人結婚嗎？

혼자 영화를 볼 수 있어요?
你敢不敢一個人去看電影呢？

혼자 해외 여행을 할 수 있어요?
你敢不敢一個人去海外旅行呢？

2. 動詞 + 기 위해서　：為了 ~

저는 성공하기 위해서 열심히 노력하고 있어요.
我為了成功正在努力。

저는 건강을 지키기 위해서 매일 운동을 해요.
我為了維持健康，而每天運動。

언니는 한국어를 공부하기 위해서 학원에 다녀요.
姐姐為了學習韓文而去上補習班。

"사랑 웃기지 마. 이젠 돈으로 사겠어.
돈으로 사면 될 거 아냐.
얼마면 될까? 얼마면 되겠냐?"

愛情？算了吧你。如今，我用錢支付！用錢買不就行了吧。
要多少？你要多少？

劇名：藍色生死戀　가을동화

導演：尹錫瑚

主演：宋承憲、宋慧喬、元彬

播放期間：2000.09.18 ～ 2000.11.07

劇情簡介

　　14 年間以為是親生兄妹、感情融洽成長的男主角和女主角，如此和睦的家庭幸福卻因為恩熙發生車禍後確認血型時，得知他們並沒有血緣關係而破碎。隨著時間的流逝，男主角從美國歸來成為畫家，並在大學擔任講師，在偶然的機會下再次與女主角重逢。但是女主角卻罹患了白血病，逐漸被籠罩在死亡的陰影當中。由於這部連續劇的男主角宋承憲以及元斌的人氣攀升到最高點，更成為女主角宋慧喬在中華圈立足的第一步的關鍵作品。

　　這一句話是男主角之一的泰錫（元斌）得知女主角恩熙（宋慧喬）的心向著另一個男主角俊熙（宋承憲）之後，帶著憤怒的心情想要動用自己的財力去挽回女主角的心而做出垂死掙扎的告白台詞。2000 年間，這句台詞在播出後，在韓國比起其他任何的搞笑流行語都還紅，全國國民都陷入了這句台詞的魅力當中。即便被看成是富家子弟般的卑劣，元斌的演技讓人感受到一心向著一個女人的男人魄力，令人無法招架。

25

例子

♥ 웃기지 마 開什麼玩笑！

A：네가 정말 임신했다고?

B：정말이야. 왜 내 말 못 믿어?

A：웃기지 마. 남자 친구도 없는 애가 어떻게 임신을 해?

B：사실 지난번에 헤어진 남자 친구랑 다시 만나고 있어.

A：你說你真的懷孕了嗎？

B：我是說真的。你不相信我說的話？

A：開什麼玩笑，沒有男朋友怎麼可能會懷孕？

B：老實說，我又和之前分手的那個男朋友在交往。

♥ 얼마 （代） 多少；怎麼

A：네일아트(nail art) 하는 데 시간이 얼마나 걸려요?

B：어떤 종류로 하실 거예요?

A：프렌치 네일아트(French nail art)로 하려고요.

B：그럼 얼마 안 걸려요. 저쪽에 앉으셔서 잠시만 기다려 주세요.

A：要做美甲，需要多久的時間？

B：妳要做哪一種呢？

A：我要做法式美甲。

B：不會花太久的時間。請您坐那邊稍等一下。

key word

◆ 임신하다 [動] ─ 懷孕　　◆ 믿다 [動] ─ 相信
◆ 헤어지다 [動] ─ 分手　　◆ 네일아트(Nail art) [名] ─ 美甲
◆ 그럼 [副] ─ 那麼　　　　◆ 잠시 [副] ─ 暫時

◎ **芝英打個岔**

　　윤석호（尹錫瑚）PD－被稱為「影像詩人」、「影像的美術史」，是韓國連續劇 PD 界的巨匠。這是尹錫瑚 PD春、夏、秋、冬的四季系列作品中的第一部作品，以秋天作為背景的連續劇。此外，春-《春天華爾滋》、夏-《夏日香氣》、冬-《冬季戀歌》等他的所有作品，都被稱之為韓流進軍日本的第一功臣。

美甲用語

❖그라데이션 (Gradation nail art) – 漸變色美甲
❖프렌치 네일아트 (French nail art) – 法式美甲

❖데코파츠 네일아트 (Deco parts nail art) - 水鑽美甲
❖워터 데칼 네일아트 (Water decal nail art) – 美甲貼
❖워터마블 네일아트 (Water marble nail art) - 水染美甲

7

한국어를 알아보기

"내가 조선의 국모니라."

我是朝鮮的國母。

劇名:明成皇后 명성황후

導演:尹汝貞外

主演:崔明吉、李美妍、柳東根

播放期間:2001.05.09 ~ 2002.07.01

劇情簡介

　　逐漸衰弱的朝鮮王朝,面對毫不掩飾侵略意圖的日本野心,最終爭取朝鮮獨立的「鐵的女王-明成皇后」。這部連續劇也受到了年輕族群的歡迎。這是因為它是一部日治時期轉變成勝利,而非敗亡的歷史,透過明成皇后華麗的外交手段、正面的權謀之術、洞察時代的現實認知等,在與所謂大院君人物之間的對立以及糾葛中,突破了「女人」的極限,刻劃一國國母施展妙計的連續劇。

　　明成皇后在被日本刺客暗殺之前,並沒有表現出動搖或是卑屈的樣子,或是失去身為朝鮮王室的國母威風凜凜的模樣,在面對死亡時,她說了這一句台詞。只要提到「明成皇后」,這句話便深刻地代表「明成皇后」正直的形象,是相當著名的台詞。

◎ **芝英打個岔**

　　을미사변（乙未事變，1985年） - 又稱為明成皇后遇害事件，發生於高宗32年（1985 年），陰曆 8 月 20 日（陽曆 10 月 8 日），日本的刺客潛入景福宮殺害了侵略朝鮮最大的絆腳石－明成皇后。這個事件稱為「明成皇后遇殺害慘事」或「明成皇后遇害事件」，又稱為「乙未之變」或「乙未八月變」。2009 年被拍成電影，1995~2015 年亦有音樂劇演出。

明成皇后像

8
한국어를 알아보기

"장사라는 건 말이야,
돈을 버는 게 아니고 사람을 버는 거야.
이문을 남기는 게 아니라 사람을 남겨야 돼.

所謂做生意，不是為了賺取金錢，而是賺取人心。
並不是要獲得利潤，而是要獲得人心。

劇名：商道 상도

導演：李丙勳

主演：李在龍、朴仁煥、金賢珠

播放期間：2001.10.15 ～ 2002.04.02

劇情簡介

　　兩百年前，操控朝鮮商權的四大集團--開城商人（松商）、漢陽商人（京商）、義州商人（灣商）以及東萊商人（萊商）受到當時所有的商人的尊敬和景仰。這是一部以純祖時期（1801 年～1834 年）的巨商林尚沃的一生作為主題的連續劇。這部連續劇非常有意思，在當時經歷過韓國 IMF 事件後，在當時格外強調企業家倫理意識和商業道德的時間點上，點出了經濟界人士所期望的企業家象徵，當然也指出了「賺錢的辦法和用錢的方法」，訓誡我們更關注經濟問題之上更高層面的問題。

　　這一句話是性格火爆、在義州相當有名的捐客洪得柱在男主角林尚沃初入商界時，對林尚沃抱持著愛才之心，希望他能銘記在心的諫言。富有商道哲學深義的這句台詞，日後在連續劇的結尾中，當林尚沃成為巨商，獲得成功之後，回想起過去的時光時，又再度被提起。對於一般商業界，以及全國國民來說儼然是一句意味深長、發人省思的經典名句。

例子

♥ 장사 (名) 生意

A : 안녕하세요. 요즘 장사가 잘 되세요?

B : 아니요, 손님들이 마트로 다 가니까, 우리 같은 재래 상

　　인들은 아주 죽을 맛이야.

A : 경기가 좋아지면 괜찮아지겠죠.

B : 좀 그래야 될 텐데, 장사를 접을 수도 없고. 이거 큰일이네.

A：您好，最近生意上還順利嗎？

B：不好！客人們都跑去大型超市了，對我們這種傳統商人

　　真是生不如死啊！

A：景氣回復的話，一切都會變好的。

B：只有這樣才能好轉呀！又不能把生意收了，事情真是嚴重！

♥ 벌다 (動) 賺

A : 방학 동안에 생활비라도 벌어야 되는데, 좋은 아르바이트

　　자리 없어요?

B : 오토바이를 탈 줄 알아요?

A : 네, 자격증도 있는 걸요.

B : 잘됐네요. 배달 아르바이트는 시급이 높은 편이라서

　　예상한 생활비 정도는 벌 수 있을 거예요.

A：放假期間至少要賺點生活費，有沒有什麼好的打工機會？

B：你會騎機車嗎？

A：會！我也有駕照呢！

B：那真是太好了！外送打工的時薪給的還算不錯，應該可

　　以賺到你預期的生活費喔！

♥ 이문/이윤 (名) 利潤

A：이문/이윤을 남기지 않는 장사가 있을까요?

B：그런 장사가 어디에 있어요. 만약에 있다면 그건 장사가

　　아니라 봉사활동이죠.

A：有那種完全沒有利潤的生意嗎？

B：那種生意哪裡會有！就算有那也不是生意，是義工活動吧！

key word

◆ 손님 [名] － 客人

◆ 경기&상황 [名] － 景氣

◆ 아르바이트 [名] － 打工

◆ 배달 [名] － 外送

◆ 예상하다 [動] － 預想

◆ 남기다 [動] － 省,留

◆ 봉사활동 [名] － 義工

◆ 마트(mart) [名] － 超市

◆ 방학 [名] － 放假

◆ 오토바이 [名] － 摩托車

◆ 시급 [名] － 時薪

◆ 생활비 [名] － 生活費

◆ 만약에 [副] － 如果

※ (재래시장 / 전통시장 [名] － 傳統市場)

1. 動詞/形容詞 + (으) 면　　: 如果~

추우면 이 옷을 더 입으세요.

如果你會冷，請加穿這件衣服吧。

만약에 콘서트 표가 다 팔렸으면 어떻게 하죠?

如果演唱會的票已經賣完，那該怎麼辦呢？

혹시 급한 일이 생기면 언제든지 연락 주세요.

如果有急事，不管什麼時候都跟我聯絡一下。

2. 動詞/形容詞 + 아/어야 되다　　: 應該~；一定

이 업무는 이번 주 안으로 끝내야 돼요.

這項工作一定要在這個禮拜內完成。

오늘은 꼭 남자 친구와의 약속 시간을 지켜야 돼요.

今天一定要遵守跟男朋友約定的時間。

9 한국어를 알아보기

"폴라리스 알아요? 폴라리스.
산에서 길을 잃었을 땐 폴라리스를 찾으면 된대요.
계절이 바뀌면 다른 별들은 자리를 다 옮기지만,
폴라리스는 절대로 움직이지 않는대요."

你知道北極星嗎？北極星。
聽說在山中迷路的時候，只要找到北極星就可以了。
就算四季更迭，其他星星都換了方位，
但北極星依然會在原地。

	劇名：冬季戀歌 겨울연가
	導演：尹錫瑚
	主演：裴勇俊、崔智友
	播放期間：2002.01.14 ～ 2002.03.19

劇情簡介

　　這是一個被初戀的宿命牽引在一起三個男女之間的故事。命運讓他們相遇，讓他們分離，讓他們被已經遺忘所謂「家人」的網子束縛住。俊祥、友真、翔赫以及與俊祥相像的民亨，纏繞著他們之間關係的鎖鍊，透過不可思議的故事結構，一點一點地被解開。另外，這部連續劇其中最大的一個特色就是以鄉下田園小鎮、歷史悠久的學校、雪原、霧、降雪的湖水、山莊、凋零的行道樹、滑雪場等冬季帶來的豐富影像，為這部悲傷愛情連續劇漆上了色，也可以視為打造出唯美風格的一部連續劇。代表性的「春川」── 冬季戀歌拍攝地，至今仍然是海外各地的粉絲們一定要前往朝聖的觀光名勝。另外，如果說《星星在我心》為韓流開啓了中華圈的大門，那麼說《冬季戀歌》在日本引起了韓流旋風一點也不為過。

　　這一句話是女主角看著夜空想起了初戀情人俊祥，而對男主角民亨脫口而出的台詞。像到不能再像的初戀情人俊祥和新的男人民亨。女主角發現自己已永遠都無法忘懷，將初戀情人拋諸腦後，現在對這個名叫民亨的新男人敞開了心房後，流下了眼淚。

例子

♥ 별 （名）星

A : 밤하늘의 별이 정말 반짝이네요.

B : 그러게요. 도시에서는 느낄 수 없는 광경인데요.

A : 혹시 본인의 별자리 알아요?

B : 네, 저는 쌍둥이자리예요.

A : 夜空的星星真的好亮眼呢！

B : 就是說呀，這是在都市絕對感受不到的光景。

A : 請問你知道你的星座嗎？

B : 知道，我是雙子座。

♥ 절대로 （副）絕對

A : 절대로 해서는 안 되는 일이 뭐가 있을까요?

B : 제 생각에는 연인끼리 서로의 과거를 묻는 일인 것 같아요.

A : 왜 그렇게 생각해요? '과거는 현재의 거울이다'라는 말도 있
　　듯이, 서로를 더 잘 이해하기 위해서 물을 수도 있잖아요.

B : 그렇기는 하지만, 본래의 의도와는 다르게 싸우는 커플들을 많
　　이 봐서요.

A : 絕對不能做的事情有什麼呢？

B : 我個人認為是情侶之間過問彼此的過去。

A : 你為什麼會這麼想呢？就像俗話說「過去是現在的借鏡」，
　　不就是為了更了解彼此才問的嗎！

B : 話雖如此，但我看過太多與原本的意見不同而吵架的情侶了。

- ◆ 밤하늘 [名] － 夜空
- ◆ 반짝이다 [形] － 閃閃
- ◆ 도시 [名] － 都市
- ◆ 광경 [名] － 景象
- ◆ 끼리 [詞綴] － 之間
- ◆ 과거 [名] － 過去
- ◆ 거울 [名] － 鏡子
- ◆ 이해하다 [動] － 了解，理解
- ◆ 본래 [名] － 本來
- ◆ 의도 [名] － 意圖

★文法解析

1. 形容詞 + 대요 ：聽說 ~

전세계 경제 상황이 안 좋대요.
聽說全世界的經濟狀況不好。

지구 온난화의 현상이 정말 심각하대요.
聽說地球暖化是個確實存在的問題。

한시의 대가 이백과 두보는 한국에서도 유명하대요.
聽說唐詩巨匠李白與杜甫在韓國也有相當有名。

星座用語

물병자리	水瓶座	사자자리	獅子座
물고기자리	雙魚座	처녀자리	處女座
양자리	牡羊座	천칭자리	天秤座
황소자리	金牛座	전갈자리	天蠍座
쌍둥이자리	雙子座	사수자리	射手座
게자리	巨蟹座	염소자리	魔羯座

"아저씨, 사랑해유~"

大叔，我愛你唷~

劇名：開朗少女成功記 명랑소녀 성공기

導演：張基鴻

主演：張娜拉、張赫

播放期間：2002.03.13 ~ 2002.05.02

劇情簡介

由於父母是詐欺犯的緣故，女主角從小在鄉下由祖母扶養，雖然沒有任何出色的成就，但對所有事情都抱持著正面的態度，並堅強地成長；而總是一意孤行、目中無人且相當固執，堅持己見的男主角和女主角之間發生了一連串的故事，這些故事有趣地一一展開，可以說是本土連續劇的經典之作。女主角在男主角的家裡當傭人，劇中描述兩人的年紀相差九歲，所以女主角總是叫男主角「叔叔」（아저씨 是 아저씨 的忠清道方言）。女主角張娜拉的忠清道方言也讓她的演技天份受到廣大觀眾的喜愛。

這句話讓觀眾更能感受到男女主角之間的年齡差距，也是女主角用饒富風味的忠清道方言向男主角表白的台詞。假如這句話當初是用標準話來表現的話，可能就無法這麼令人印象深刻了。不過這句話正好符合了女主角年輕、開朗、天真浪漫、可愛又機靈古怪的角色形象，讓觀眾們更加記得這句真摯且坦率的表白。

♥ 아자씨 （名 - '아저씨'的方言）叔叔

A : 아자씨, 미안해유~. 제가 너무 심했네유~.

B : 괜찮아, 하지만 다시는 그러지 마.

A : 알겠어유~. 그러니까 아자씨도 화 푸세유~

B : 알았어.

A：大叔，對不起～我好像太過分了～

B：沒關係！不過下次不要再這樣了。

A：我知道了，所以叔叔也請你消消氣～

B：我知道了。

key word

◆ 심하다 [形] － 過分；嚴重

◆ 괜찮다 [形] － 沒關係

◆ 하지만 [副] － 但

◆ 화 [名] － 生氣

★ 文法解析

1. 動詞 + 지 말다　：不要做～；禁止～

쓰레기를 버리지 마세요.

請勿丟掉。

박물관에서 사진을 찍지 마세요.

在博物館內，禁止拍照。

내일 수업에는 그 누구도 지각하지 마세요.

明天上課誰也不能遲到。

◎ 芝英打個岔

　　2005 年在某個網路論壇上針對韓國人最難理解的方言排名進行了問卷調查。調查結果的第一名是濟州島方言、第二名是慶尚道方言、第三名是全羅道方言、第四名是江原道方言、第五名則是忠清道方言。首爾居民在模仿忠清道方言時，會將終結詞尾「～喔（～요）」用「～唷（～유）」來表現。雖然意思相同，但各地方言的表現方式卻大不相同，舉例如下：

1.어서 오세요. (請快過來)		
경상도(慶□道)- 퍼뜩 오이소	전라도(全羅道)- 허벌나게 오랑게	충청도(忠□道)- 어여 와유
2. 잠깐 실례하겠습니다. (我暫時失禮一下)		
경상도(慶□道)- 내 좀 보이소	전라도(全羅道)- 아따, 나 좀 봐	충청도(忠□道)- 좀 봐유
3. 돌아가셨습니다. (過世/往生)		
경상도(慶□道)- 죽었다 아임니꺼	전라도(全羅道)- 죽어버렸어라	충청도(忠□道)- 갔슈

"난 선생이고 넌 학생이야."

我是老師，而你是學生。

- -

劇名：羅曼史 로망스

導演：鄭潤鉉

主演：金載沅、金荷娜

播放期間：2002.05.08 ～ 2002.06.27

劇情簡介

　　這部連續劇是以高中校園為背景，雖然是女老師和男學生之間的師生關係，但學生對老師的愛意卻變得越來越深。學生成年之後，向老師提出了要她再等他三年的請求。三年後，面對以堂堂的男人形象重新出現在女主角面前，男主角的真誠告白，女主角無法回絕，也坦承一直都愛戀著他。播出當時，雖然在韓國「師生之戀」依舊是禁忌的話題，但這部連續劇卻創下了高收視率的記錄。

　　這一句話是男主角雖然對老師的愛戀日漸加深，但以學生的身分卻什麼也無法做。這樣的男主角對於自己產生了無力感，只能不停地反抗老師。在這個過程中，老師為了懲罰學生的錯誤而施以體罰，並為了讓學生了解他對自己的愛意是任誰都無可奈何的，場面當中所出現的經典台詞，至今仍膾炙人口。

★文法解析

1. 名詞 + (이)야

안녕, 정말 오래간만이야.
哈囉，真的好久不見。

쟤는 내 막내 동생이야.
他是我最小的弟弟。

나 올해 여름 방학 때 한국으로 유학 갈 거야.
我今年暑假要去韓國留學 。

"피고름으로 쓴 대본 어디다가 던져요!"

我用心血所寫下的劇本你往哪丟啊？

劇名：人魚小姐 인어 아가씨

導演：李沇熀

主演：張瑞希、金成澤、鄭普碩

播放期間：2002.06.24 ～ 2003.06.27

劇情簡介

　　這是在一年多當中總共播出了 247 集的日日連續劇。這部連續劇的內容是女主角為了向拋棄自己和母親與他人再婚的父親復仇。在播出當時，以緊湊的劇情發展和劇作家特有的台詞獲得廣大觀眾的喜愛。但是另一方面，卻也因為為了復仇而誘惑同父異母妹妹的未婚夫等荒唐離奇的故事發展，引起了許多指責的聲浪。不過，透過這部連續劇，飾演女主角的張瑞希脫離了漫長的默默無名時期，當年更在 MBC 演技大賞中獲得了「大獎」，同時這部連續劇也成為了讓她進軍中國大陸的跳板。

　　這一句話是女主角--高人氣連續劇作家，和身為父親再婚對象的中年女演員一起練習劇本。在這個過程中，中年女演員認為作家的態度過於囂張，因此在練習途中要將劇本扔掉，女主角看到她的這副模樣極為憤怒。這句話是女主角對於傲慢演員毫不考慮作家所經歷過創作的痛苦，好不容易才寫出劇本，而居然做出無禮舉動，所撂下的狠話。這句為了表達作家們的立場而說出大快人心的台詞讓女主角的演技獲得了「這才是一流演技」的評價。

♥ 피고름 (名) 膿血

A : 상처가 곪아서 피고름이 나오네요.

B : 깨끗하게 소독을 한다고 했는데…, 점점 더 심해지는 것 같아요.

A : 요즘 같이 덥고 습도가 높은 날씨에는 더욱 신경을 써야 돼요.

B : 네, 명심하겠습니다.

A : 傷口潰爛了，所以開始流膿血了。

B : 明明已經乾乾淨淨地消毒過了啊，似乎越來越嚴重的樣子。

A : 最近這種又熱、濕氣又重的天氣更需要多注意才行呀。

B : 好，我會記住的。

◆ 상처 [名] — 受傷   ◆ 소독 [名] — 消毒

◆ 점점 [副] — 漸漸   ◆ 명심하다 [動] — 要記住

★文法解析

1. 動詞 + (으)로用　：用；搭；換……

종이로 책을 만든다.
我們用紙造書。

저희는 지하철로 타고 갈게요.
我們要搭捷運去。

대만 돈을 한국 돈으로 바꿔 주세요.
請將這些台幣換成韓幣。

2. 動詞/形容詞 + 는/(으)ㄴ　：~的

저는 대만에서 온 유중니라고 합니다.
我是從台灣來的劉仲妮。

어제 본 영화는 정말 하나도 재미없었어.
昨天看的電影一點都不有趣。

저는 측면에서 찍은 사진이 가장 예뻐 보여요.
我從側面拍的照片，看起來最漂亮。

"방 하나 줄 테니까 같이 살래?"

我會給妳一間房，要不要和我一起住？

劇名：All In 真愛宣言 올인

導演：姜信孝

主演：李秉憲、宋慧喬、池城

播放期間：2003.01.15 ～ 2003.04.03

劇情簡介

　　在不同環境下長大，從出生就各自有著坎坷不平的人生的兩位男主角，他們期望在賭場事業中得到成功的野心，讓我們看到了這個充滿輸贏的世界。另外，這部連續劇跳脫了以往的愛情劇，呈現了兼具海外規模和寫實性的連續劇面貌。這部連續劇也在 2003 年韓國的百想藝術大賞中獲得了連續劇的「大獎」。此外，這部連續劇當中的男主角李秉憲和女主角宋慧喬當時也發展成戀人關係。雖然目前雙方早已分手，但兩人各自都朝韓國最佳演員之路邁進。至今《音樂盒》、《朴容夏的 OST》以及拍攝地－濟州島的《涉地可支》等都是代表洛城生死戀／真愛宣言的代名詞。

　　這一句話是男主角在最後的第 24 集當中，以遼闊的濟州島風景為背景，向女主角表達觀眾已經聽膩了的「跟我結婚吧！」的告白台詞。這句台詞在當時相當新鮮有趣，也讓女性觀眾們心醉不已。

★文法解析

1. 動詞/形容詞 + (으)ㄹ 테니까　：我來~

제가 커피를 살 테니까 같이 스타벅스에 가요.

我來買咖啡，一起去星巴克吧。

제가 다 준비할 테니까 조금도 걱정하지 마세요.

我來準備，請你不要擔心。

이번 주에는 제가 발표할 테니까 다음 주에는 혜교 씨가
발표하세요.

這禮拜我來發表就好，下週請慧喬妳來發表一下。

14
한국어를 알아보기

"아프냐?", "나도 아프다."
"넌 내 수하이기 전에 내 누이나 다름 없다.
날 아프게 하지 마라!"

「心痛嗎? 我的心也痛。」
「妳在成為我的手下之前，就跟我妹妹沒有兩樣。
別讓我心痛」

劇名：茶母 다모

導演：李在奎

主演：河智苑、李瑞鎮、金民俊

播放期間：2003.07.28 ～ 2003.09.09

劇情簡介

　　這部連續劇的原作是在 1990 年代初期在報紙上連載的漫畫。本劇描繪了 300 多年前身分階級為朝鮮漢城府左捕道廳裡當「茶母」工作的女主角生活。「茶母」的原意是烹茶的女人，但從朝鮮後期開始，則有了執行機密任務和解決案件的秘密女警。這部連續劇表現出了雖然身為如同官婢的賤民身分的「茶母」，但卻比其他人活得更加自由、開明的女主角，面對無法實現的愛情和家族關係的悲哀，以及身為女人的性別差異等種種的痛苦與悲哀的女性形象。是一部以原作漫畫為起點，加上連續劇的盛行，最後以《刑事》這部電影作為串連環節而成的作品。

　　這一句話是第 1 集中播出的知名台詞，至今仍然膾炙人口，給觀眾們留下了深刻的印象。這樣高人氣的結果就是產生了不停看連續劇看成廢人而衍生出「茶母廢人」這樣的流行語。這句話是看見女主角和敵人打鬥的過程中受了傷的女主角，男主角為她受傷的部位纏帶上繃帶時所說的台詞。在這個地方，觀眾們看到的不僅僅是描寫「主僕」或是「上司及下屬」的關係，更是為在身分階級社會的朝鮮時代無法結合的兩班及奴婢而感到遺憾。從他們互相望著彼此的哀切眼神中，女性觀眾們感受到幾乎令人心臟停止跳動男方為愛殉情的瞬間。因為這部連續劇，也造就出了今日的一線演員河智苑以及李瑞鎮。

♥ 아프다（形） 痛；不舒服

A：언니는 어느 때 가장 마음이 아픈 것 같아요?

B：내 경험으로는 사랑하는 사람과 어쩔 수 없이 헤어져야 하는 상황인 것 같아.

A：사랑하는데 왜 헤어져요?

B：이 세상에는 이뤄지는 사랑보다 이뤄질 수 없는 사랑이 더 많단다.

그것이 바로 인생이고 사랑이야.

A：姐姐覺得什麼時候最痛苦呢?

B：我的經驗是在不得不和心愛的人分手的情況時。

A：相愛為何要分手呢?

B：在這個世界上比起能夠實現的愛情，無法實現的愛情還要更多。

這就是人生，是愛情啊!

key word

◆ 경험 [名] ― 經驗　　◆ 이뤄지다 [動] ― 實現

◆ 보다 [助] ― 比起　　◆ 어쩔 수 없이 [副] ― 不得已

◆ 그것 [代] ― 那個　　◆ 바로 [副] ― 就

★文法解析

1. 動詞/形容詞 + 냐　：～嗎？

어디가 아파서 왔느냐?
妳哪裡不舒服？

이게 전부 얼마냐?
總共多少錢呢？

대만에서 가장 유명한 관광지는 어디냐?
在台灣最有名的觀光地點是哪裡？

2. 動詞 + 기 전에　：～之前

운동하기 전에는 꼭 준비 운동을 해야 돼요.
運動之前必須做暖身運動。

다음 달에 대만을 떠나기 전에 한번 봐요.
下個月離開台灣之前見個面吧。

한국어를 공부하기 전에 한국어를 못 했어요.
我學韓文之前都不會講任何韓文。

◎ **芝英打個盹**

縮寫（축약）

　　學習韓文時，不僅是文法，就連縮寫標記也必須要具備正確的認知。我們就來練習人稱代名詞與各種助詞的縮寫標記。

*人稱代名詞：我（나），我（저），你（너）若與主格的助詞結合的話，其形態就會改變。即主格助詞加上 '-이' 後，再加 '-가'。

1人稱代名詞	主格助詞	縮寫	例句
나	가	내가	내가 직접 만들었어. （我自己做的）
저	가	제가	제가 직접 만들었어요. （我自己做的）
너	가	네가	네가 직접 만들었어? （你自己做的嗎？）

　　我（나），我（저），你（너）和所有格助詞 -的(-의) 結合時或是間接賓語 '에게' 結合的話，會省略音節，結果如下：

1人稱代名詞	所有格助詞	縮寫	稱代名詞	間接賓語	縮寫
나	가	내가	나		내게
저	가	제가	저	에게	제게
너	가	네가	너		네게

"그냥 홍시 맛이 나서 홍시라 생각한 것이온데, 어찌 홍시라 했느냐 물으시면…"

就是因為有紅柿子的味道，所以才覺得是紅柿子，
怎麼會問我為什麼是紅柿子呢……

- 劇名：大長今 대장금
- 導演：李丙勳
- 主演：李英愛、池珍熙
- 播放期間：2003.09.15 ～ 2004.04.04

劇情簡介

這部連續劇是描述一長今的一生，在男尊女卑的封建體制下，以信念和意志成為了宮中最優秀的廚師，更在幾經迂迴曲折後，當上了朝鮮唯一的國王主治醫生，是歷史上實際存在過的人物。本劇透過在朝鮮王朝中宗（1506~1544）時期獲得了「大長今」這樣偉大頭銜的人物一長今坎坷的生涯，道出了王和王妃、後宮和權臣的權力鬥爭、暗鬥，當然也詳細地介紹了宮中料理的種類及料理方法，同時包含了韓國特有傳統飲食的料理--補品，也在劇中有諸多介紹。

這一句話是水剌間的最高尚宮在新上任的當天，準備了一場評價所有宮女們對味道的評鑑。當天，對最高尚宮為了前天獨自飲酒的王特別準備的餐點味道做出評價時，當時還是小宮女（생각시，新進宮的年幼宮女）的長今正確回答出了是使用紅柿子代替白糖放進了餐點當中。在韓文當中有一句俗諺是「蔬之將善，兩葉可辨」，其意思為能夠成為大人物的人，從小時候就與眾不同。在上班族間的對話以及搞笑節目當中，對於理所當然的事情提出問題時，小長今的這句台詞經常被拿來當作嘲諷使用。

例子

♥ 그냥 （副）就那樣；只是

A：너 말이 너무 심한 거 아니야?

B：그냥 농담이야. 농담.

A：너도 입장을 바꿔서 생각해 봐. 내가 오해를 안 하게 생겼나.

B：알겠어. 다음부터는 가벼운 농담이라도 조심할게.

A：妳太過份了吧？

B：只是個玩笑！開玩笑的。

A：你也換個立場想一想！我有可能不誤會嗎？

B：我知道了。下次就算是小玩笑我也會注意的。

♥ 어찌 （副）怎麼；如何

A：부모님께서는 요즘 어찌 지내시나?

B：네, 염려해 주신 덕분에 많이 좋아지셨습니다.

A：듣던 중 아주 반가운 얘기군.

B：교수님께서도 하루 빨리 쾌차하시길 바라겠습니다.

A：妳的父母最近過得如何？

B：很好，託您這樣掛念的福，他們好很多了。

A：真是個令人感到開心的消息。

B：也希望教授您能夠早日康復。

key
word

◆ 농담 [名] － 開玩笑　　◆ 입장 [名] － 立場

◆ 다음 [名] － 之後；下次　◆ 염려하다 [形] － 擔心

◆ 덕분 [名] － 託～～福　　◆ 좋아지다 [動] － 變好

◆ 쾌차하다 [動] － 痊癒

★文法解析

1.動詞/形容詞＋(스)ㅂ니다　　：是~

다음 주말에는 해외 출장이 있습니다.

我下週末要到海外出差。

실제 나이보다 훨씬 더 젊어 보이십니다.

妳看起來比實際年齡年輕。

몸 상태가 좋지 않아서 좀 쉬고 싶습니다.

我身體狀況不好，想要休息。

◎ 芝英打個岔

　　이병훈 감독 (李丙勳導演) 以朝鮮王朝 500 年（1983）為開始，導出了《醫道》（1999）、《商道》（2001）、《李標》（2007）、《同伊》（2010）、《馬醫》（2012）等韓國史劇，是名匠中的名匠。他的作品《大長今》（2003），不僅帶起了電視劇的韓流，更是引起海外對整個韓國文化關注的導演。基於此，他們兩人分別在「2015 首爾電視獎」的導演及演員獎項獲得了韓流功勞大賞。這部兩人攜手合作完成的《大長今》成為電視戲劇中的標竿。

16

한국어를 알아보기

"사랑은 돌아오는 거야"

愛情是會回來的

劇名：天國的階梯 천국의 계단

導演：李長秀

主演：崔智友、權相佑

播放期間：2003.12.03 ～ 2004.02.05

劇情簡介

　　這部連續劇可視為是「禁忌的愛情」、「無法實現的愛情」的代名詞，劇中描述四名男女主角永不抹滅的純情之愛。出生的秘密、女主角記憶喪失、又因後遺症罹患的眼癌等，故事既悲傷又無情，只能說是命運安排的悲傷愛情故事，從殘酷現實中去摸索「愛」以及「真愛」。

　　這一句話是男主角回想與因眼癌而離開人世間的女主角，小時候談到的「互相相愛的人最終還是會在相遇的」、「不論相隔多遠，還是會回來的」等過去的場面，男主角一邊扔著迴力鏢一邊說出這句台詞。這個畫面也可以看出即便是在死亡命運的捉弄之下，也無法將兩人愛情拆散的純情之愛。播出後，這個畫面經常在小孩及情侶之間傳頌，玩具迴力鏢也受到熱烈歡迎。

1. 動詞＋는 거

이 음식은 어떻게 먹는 거예요.

這食物怎麼吃呢？

저는 남의 이야기를 하는 것을 싫어해요.

我不太喜歡講別人的事情。

제 취미는 연극, 뮤지컬, 콘서트 등 공연을 보는 거예요.

我的興趣是看話劇、音樂劇、演唱會等表演。

"정말 마음까지는 주지 않으려고 했는데,
그것만큼은 마지막 자존심으로 지키려고 했는데,
미안해요. 정말 미안해요."

原本我不打算連這顆心都交給你的，我想要守住我最後那點自尊，
對不起，真的很對不起。

■ 劇名：峇里島的日子 발리에서 생긴 일

■ 導演：李金秉

■ 主演：河智苑、蘇志燮、趙寅成

■ 播放期間：2004.01.03 ～ 2004.03.07

劇情簡介

　　這部連續劇描繪在這金錢至上的世界，我們新生代年輕人真正應該要找出的價值為何？透過了四名男女的四角關係去試著推敲人生的意義。另外，這部連續劇不僅以韓劇中少有的悲劇結尾讓觀眾們感到相當大的新鮮感，而且兩位男女主角中的其中一位--趙寅成，也透過這齣連續劇踏進了一流明星的行列當中。

　　這句話是這部戲到了結尾時，女主角水晶（河智苑）為了遠離在民（趙寅成）的身邊而選擇了與仁旭（蘇志燮）一起離開。在只有兩人的真誠對話中，仁旭感覺到雖然水晶就在自己的身邊，但她的心卻已給了在民，因此表達了他的感受。此時，水晶對仁旭的感覺並未加以否定，並且說出了對不起。為什麼呢？因為水晶真正愛的人並不是仁旭，而是在民。

♥ 정말 (名) 真事；事實

A : 정말 내가 이 말까지는 안 하려고 했는데…

B : 무슨 말인데? 뭔데? 헤어지는 마당에 못할 말이 뭐 있어?
　　어디 다 해 봐.

A : 정말이지 넌…, 내가 만났던 남자 중에서 가장 최악이야.

B : 최악? 그런 너는? 너도 피차일반이야.

A : 我真的不打算把這話說出來的……

B : 什麼話？是什麼？都要分手了，還有什麼不能說的？
　　全都說出來。

A : 真的！你……是我交往過的男人當中最爛的一個。

B : 最爛的？那妳呢？妳也是彼此彼此啊。

♥ 지키다 (動) 恪守；守護

A : 아무리 헤어지더라도 그런 말까지는 하는 게 아니었는데.

B : 그러니까, 굳이 그런 말을 왜 했어. 그냥 헤어지면 끝이지.

A : 남자 친구의 마지막 자존심을 지켜주기는 커녕 짓밟은 격이네.

B : 남자 친구는 누가 남자 친구야. 너 이미 헤어졌어. 싱글이
　　라고. 싱글.

A : 就算要分手了，但說出那種話還是很不應該。

B : 就是說啊！為什麼執意要說出那種話呢？反正分手後一切就
　　結束了。

A : 別說是守住男朋友最後的一絲自尊心了，還踐踏了一番。

B : 誰是男朋友啊！妳已經分手了！妳現在是單身，單身！

key word

◆ 마당 [依存名詞] ─ 情況
◆ 중 [詞綴] ─ 當中
◆ 최악 [名] ─ 最糟糕的
◆ 피차일반 [名] ─ 彼此彼此
◆ 굳이 [副] – 固
◆ 커녕 [助] ─ ～不說
◆ 짓밟다 [動] – 踐踏
◆ 싱글 (single) [名] ─ 單身

★文法解析

1. 名詞 + 까지　：連～都～；又

너까지 그런 말을 하다니.

連你都講那種話。

비가 오는데 태풍까지 온대요.

聽說不但下雨，連颱風都來了。

내 베스트 프렌드 (best friend) 까지 나를 배신하고,
정말 생각하지 못했어.

我真的沒想到，連我的好朋友都背叛我。

2. 名詞 + 만큼 ：表示程度或限度

비빔밥만큼 맛있는 음식은 없을 것 같아요.
好像沒有比拌飯更好吃的食物了。

이 세상에서 저만큼 제 아들을 사랑하는 사람은 없
을 거예요.
這世上應該沒有人比我更愛我的兒子了。

18
한국어를 알아보기

"참아도 내가 참아! 누가 너더러 참으래?
그리고 참을 이유가 뭐야.
'저 남자가 내 사람이다. 저 남자가 내 애인이다.'
왜 말을 못 하냐고!"

要忍也是我忍！誰叫妳忍了？
還有，妳有什麼理由要忍？
「那男人是我的人。那男人是我的愛人。」為什麼妳會說不出口！

- -

劇名：巴黎戀人 파리의 연인

導演：申宇哲

主演：朴新陽、金正恩、李東健

播放期間：2004.06.12 ～ 2004.08.15

劇情簡介

　　愛情是一場夢，可能是幻想，也可能是無法跨越的高牆。但即便如此，人們還是總是嘗試去挑戰這樣的愛情。看穿了大眾的心態的《巴黎戀人》透過了在夢一般的都市法國巴黎因一場特殊的相遇而結下姻緣的兩名男女，描繪了不論是誰都曾幻想過或經歷過的愛情故事，是一部相當甜蜜且浪漫的作品。

　　這一句話流行當時還有其他「親愛的，走吧！」、「這裡面有妳」等經典語句，《巴黎戀人》比起其他連續劇有更多著名的經典台詞。這部連續劇的主要觀眾為女性，所以被評價為瞄準女性心理作家的高水準策略，一點也不為過。在某個聚會上，男主角啟柱（朴新陽）的朋友做出了對女主角輕侮的行為，對此一語不發地看著女主角的男主角，對朋友施以暴力後，帶著女主角出來後，盡情宣洩憤怒和鬱悶的場面。這句台詞和場面雖然是向著女主角大吼大叫，但卻又並不是真的在吼叫，而是很重視女主角，刻劃了女主角感受到的羞辱也可能引起愛她的男人的羞辱感，希望自己的愛人能一直都堂堂地抬起胸膛。

例子

♥ 참다 (動) 忍耐

A : 미안해요. 조금 전에는 제가 경솔했어요.

B : 아니에요. 그런 상황에서라면 그 누구라도 참지 못했을 거예요.

A : 제가 참을성이 부족해서 일을 그르친 것 같아요.

B : 정말 괜찮아요. 내일 제가 다시 부장님께 사과를 드리면 돼
요. 신경 쓰지 마세요.

A : 對不起。我剛剛太輕率了。

B : 沒關係。在那種情況下，任誰都無法忍住。

A : 我缺乏耐性，好像把事情給搞砸了。

B : 真的沒關係。明天我再向部長道歉一次就好了。不要擔心了。

♥ 애인 (名) 愛人

A : 선배, 축하해요. 드디어 솔로 (solo) 탈출했다면서요?

B : 쑥스럽게. 아무튼 고맙다.

A : 말로만요? 한 턱 안 낼 거예요?

B : 좀 봐 줘. 애인하고도 겨우 데이트 (date) 하는 정도야.
    취업하는 대로 바로 한 턱 낼게.

A : 前輩，恭喜您！聽說您終於脫離單身了。

B : 真難為情！不過還是謝謝你。

A : 只用口說嗎？不是應該請一頓嗎？

**B : 放過我吧！我勉勉強強只能和愛人去約會啊。一找到工作的
話，我就立刻請客。**

key
word

◆ 경솔하다 [形] ─ 輕率　　　◆ 참을성 [形] ─ 耐心

◆ 사과 [名] ─ 道歉　　　　　◆ 솔로 [名] ─ 單身

◆ 탈출 [名] ─ 脫身　　　　　◆ 쑥스럽다 [形] ─ 面子上掛不住

◆ 한 턱을 내다 [慣] ─ 請客　◆ 겨우 [副] ─ 勉強；好不容易

◆ 데이트 [名] ─ 約會　　　　◆ 취업하다 [動] ─ 就業

★文法解析

1. 動詞/形容詞 + 아/어/여도　　：即使~ 也~

입맛이 없어도 건강을 생각해서 좀 드세요.

雖然沒有胃口，但為了健康請多少吃一點。

이번 주말 약속은 무슨 일이 있어도 지켜야 돼.

即使有什麼事也要遵守這週末的約定。

대부분의 한국 사람들은 매일 김치를 먹어도 질려하지 않아요.

大部分的韓國人即使每天吃泡菜也不會膩。

◎ 芝英打個岔

　　김은숙 작가 (金恩淑作家) ─ 又稱為浪漫喜劇作家的教母。若有之前介紹過的尹錫瑚導演的四季系列作品的話，金恩淑作家的戀人系列是整理韓國連續劇時絕對不能漏掉的知名作家。不但透過這部連續劇留下了膾炙人口的台詞，若列舉出她的作品的話，會不自覺地發出讚嘆聲，也因此獲得了「熱門連續劇製造機」的好評。她的作品有《布拉格戀人, 2005 ─ 在美麗的捷克布拉格展開的愛情》、《戀人, 2006 ─ 戀人系列的最後一部》、《On-air, 2008 ─ 電視台人們的生活及愛情》、《市政廳, 2009 ─ 祖國、未來》、《祕密花園, 2010 ─ 中了魔法的愛情》、《紳士的品格신사의 품격, 2012 ─ 四名花樣中年男女的愛情故事》、、《繼承者們, 2013 ─ 性感又甜蜜的青少年羅曼史》等。持續以兼具大眾性且新鮮感的文筆，名符其實地成為會讓大家引頸期盼她的下一部作品的作家。

"너는 조류야, 조류. 닭 알지 닭!"

妳是鳥類啊，鳥類。鴕鳥，妳知道吧！鴕鳥！

劇名：浪漫滿屋 풀하우스

導演：表民洙

主演：宋慧喬、鄭智薰

播放期間：2004.07.14 ～ 2004.09.02

劇情簡介

　　這部連續劇在韓國及海外獲得極大迴響，以當紅漫畫家元秀蓮 1993 年的漫畫為原型，於 2004 年改編為連續劇、2014 年改編成音樂劇，甚至傳出於 2016 年將在美國被重新翻拍，並簽下了備忘錄（MOU）決定分階段製作連續劇的好消息，這部連續劇可以說是一部相當銳意的作品代表。原為屋主的女主角在遭到詐騙之後，得將原本居住的 full house 拱手讓給男主角，進而發生的一連串故事，既甜蜜又吵鬧，是部可愛又討人喜歡的連續劇。尤其憑藉這部連續的高人氣，女主角宋慧喬所唱的韓國童謠〈三隻熊〉如同這部連續劇一般，不僅受到學習韓國語的學習者們，也受到一般海外的觀眾們的廣大喜愛，現在依然受到歡迎，是最有名的童謠。

　　這一句話是男主角漸漸喜歡上女主角的過程中，雖說是在欺負總是愣頭愣腦的女主角，其實是在擔心女主角而嘮嘮叨叨的時候，總是稱她是「鳥類」或是「雞」的台詞。事實上，對於韓國人來說，「鳥類」或是「雞」的這類比喻具有強烈的負面含義。即便如此，在這部連續劇當中，演員們的演技和角色設定實在太過可愛，導致有一段時間在韓國情侶之間這樣相互稱呼，如同流行語一般蔓延開來。

<原作- 漫畫, 1993>　　　　<音樂劇, 2014>

◎ 芝英打個岔

　　在韓國，有「夫妻吵架，如刀割水」以及「미운 , 고운 정」等俗諺以及「不打不相識」等慣用語的表現。「打架」這樣有負面意義的行為，以及互相關心、妥協若在可行的時間點同時存在的話，人類這種社會性動物會認為這樣的行為是理所當然的，因此在這部連續劇中被刻劃得相當可愛、討喜以及天真爛漫。但是，相當於現代社會中上述的表現，也有被認為更不好的表現方式，即「無關心」和「無回應」這兩個單詞，它們表達出了人與人之間漸漸斷絕關係，進而變得薄情的世界和現實的一面，讓世人看到了比起過去更加冷漠的面貌。

*곰 세 마리 (三隻熊) *

곰 세 마리가 한 집에 있어	在一個家裡有三隻熊，
아빠 곰 엄마 곰 애기 곰	熊爸爸、熊媽媽、熊寶寶
아빠 곰은 뚱뚱해	熊爸爸胖胖的，
엄마 곰은 날씬해	熊媽媽瘦瘦的，
애기 곰은 너무 귀여워	熊寶寶好可愛。
으쓱으쓱 잘한다	得意洋洋做得好。

"밥 먹을래. 나랑 뽀뽀할래.", "밥 먹을래. 나랑 잘래."
"밥 먹을래. 나랑 살래. 밥 먹을래, 나랑 같이…죽을래."

「要吃飯，還是要和我親親」，「要吃飯，還是要和我上床」
「要吃飯，還是要和我一起活著，要吃飯，還是要和我一起死」

劇名：對不起，我愛你 미안하다, 사랑한다

導演：李亨民

主演：蘇志燮、林秀晶

播放期間：2004.11.08 ～ 2004.11.29

劇情簡介

　　這部連續劇是兩男一女之間殘酷的愛情故事。雖然愛著，但卻只能在近距離的地方凝望著的愛情，以及雖然想說出我愛你，卻只能癡癡地等待的愛情。在這三位男女主角互相望著其他對象心痛的愛情當中，女主角雖然對毫無顧忌地刺激她的、目中無人等，越看越不順眼，但女人的手卻無止盡被她所需要的男人牽著走。

　　這句話是男主角中其中的一名武赫（蘇志燮）被領養到海外、被養父母遺棄後，在街頭度過了不安的青少年時期，全身上下沒有一處整齊、乾淨，行動及語氣都極度粗俗。這樣的角色在向女主角表達愛意的時候，不是用「我愛你」這樣直接的表達，反而是用了上述這種讓人覺得彆扭、生硬的方式表白。讓男主角蘇志燮的演技攀上頂點的這個場面直到現在仍是在眾多膾炙人口場面中的著名畫面之一，而這句話也是依然受到眾人討論的台詞。

例子

♥ 뽀뽀 （名）親親

A : 언니는 남자 친구하고 뽀뽀랑 키스 중에서 뭘 더 좋아
　　해요?

B : 음, 난 가벼운 뽀뽀.

A : 에이, 거짓말. 진한 키스가 더 정열적이지 않아요?

B : 그렇기는 한데,

　　난 왠지 사랑스러운 감정을 더 느끼게 해 주는 가벼운
　　뽀뽀가 더 좋더라고.

A：姐姐妳和男朋友比較喜歡輕吻和深吻哪一個？

B：嗯，我喜歡輕輕的親吻。

A：少來，你說謊。深吻不是更加浪漫嗎？

B：雖然是這樣，但我更喜歡能讓我感受到愛意的輕輕的親
　　吻。

 key word

◆ 가볍다 [形] ─ 輕輕的　　◆ 에이 [感] ─ 欸
◆ 진하다 [形] ─ 深　　　　◆ 정열적이다 [形] ─ 熱情的
◆ 왠지 [副] ─ 不知道什麼　◆ 느끼다 [動] ─ 感到

★文法解析

1. 動詞/形容詞 + (으)ㄹ래 　：要；要不要~

밥 먹을래? 차 마실래?
你要吃飯還是喝茶？

내일 만날래? 모레 만날래?
我們要明天見還是後天見？

아이스 아메리카노 마실래? 따뜻한 아메리카노 마실래?
你要喝冰美式咖啡還熱美式咖啡？

2. 名詞 + (이)랑 　：和；跟

너, 나랑 같이 가자.
你跟我一起走吧。

친구랑 같이 양명산에 가요.
我和朋友一起去陽明山。

남자 친구하고 같이 태국어를 배워요.
我和男朋友一起學習泰語。

"오늘이 마지막인 것처럼,
한 번도 상처를 받지 않은 것처럼.
나 김삼순을 더 사랑하는 것."

今天像最後一天一樣，像不曾受過傷一樣。
我更愛金三順。

劇名：我叫金三順　내 이름은 김삼순

導演：金允哲

主演：金善雅、玄彬

播放期間：2005.06.01 ～ 2005.07.21

劇情簡介

筆者身邊的多數台灣人都說過韓國女人身材都很苗條。但是，依據某調查所指出，10 名韓國女性當中就有 7 名回答認為自己很胖。這部連續劇正可以說是這 7 名女性當中其中一位女主角的故事，外貌、學歷、將近 30 歲的年齡等對於自己有一籮筐自卑感的角色，透過糕點師傅的職業從理想和現實的乖離中，一步一步走向社會，在工作和愛情中成長。

這一句話是這句話是在最後一集中，女主角和男主角爬上了南山的階梯，為了給自己灌輸自信心及自我安慰所下定決心的台詞，即使日後因為世上的偏見而將再一次面臨受到傷害的情況。傳遞出在現在的生活中，一定要比其他人更愛自己、向前發展這樣正面的力量，以對抗這個社會的偏見。

♥ 처럼 （助）像～

A : 저는 우리 어머니처럼 살고 싶어요.

B : 왜요? 저는 반대로 살고 싶은데.

A : 저희 어머니는 사랑으로 저희들을 키워 주셨거든요.

　　저도 이후에 자녀를 낳으면 제 사랑을 느끼게 해 주고 싶어서요.

B : 일리가 있는 말이네요.

A：我想要活得像我的母親一樣。

B：為什麼？我反而想活得不一樣。

A：因為我的母親用愛拉拔我們長大，以後我生了孩子的話，

　　我想要讓他們感受到我的愛。

B：說得真有道理。

key word

◆ 반대 [名] － 相反

◆ 키우다 [動] － 養

◆ 자녀 [名] － 孩子

◆ 일리 [名] － 道理

◆ 저희 [代] － 我們

◆ 이후 [名] － 以後

◆ 낳다 [動] － 生

◆ 말 [名] － 話

70

22
한국어를 알아보기

"연애하고 마라톤의 공통점이 뭔지 알아요?
선수가 많다. 심장이 터질 것 같다. 때론 어렵다….."
"제일 중요한 게 빠졌네. 상처 받을 수도 있다."

「你知道戀愛和馬拉松的共通點是什麼嗎？
有很多選手，心臟就像要炸掉一樣，有時候很困難……。」
「妳漏掉了最重要的一點！有可能會受傷。」

劇名：布拉格戀人 프라하의 연인

導演：申宇哲

主演：全度妍、金柱赫、金民俊

播放期間：2005.09.24 ～ 2005.11.20

劇情簡介

　　時代在改變，世代間的差異是不可避免的，因此，戀愛的方式也在改變。比起讓人內心悸動的愛，讓人不禁認為容易冷卻、淡掉的愛情正是 21 世紀現代人們的愛情。每個人的人生裡面一定會有一段獨特的愛情。這是一個擁有滿腔熱血的男主角和劇中身為總統女兒也是外交官的女主角的故事，兩人即便捨棄所擁有的一切，也要選擇這段既危險又艱辛的愛情。

　　這句話出自劇的一開始將男女主角連結在一起、兩人一同登場的馬拉松。女主角抵達家門時，向男主角提出疑問後，列舉出自己的想法。聽完後，男主角說出最重要的部分，筆者認為也是為了暗示日後劇情開展，兩人的愛情故事並不會那樣順逐的台詞。

71

♥ 마라톤 (名) 馬拉松

A : 인생을 왜 흔히 마라톤에 비유하는지 알아요?

B : 인생 자체가 기니까 그런 말이 있는 거 아니에요?

A : 마라톤이 오랜 시간 계속 꾸준히 달려야 하는 것처럼,

　　우리 인생도 늘 끊임없이 노력하고 발전해야 된다는 얘기예요.

B : 인생은 마라톤이고 마라톤은 곧 인생의 철학인 것 같네요.

A : 你知道為什麼常用馬拉松來比喻人生嗎？

B : 因為人的一生很長，所以才會這麼說的嗎？

A : 如同馬拉松需要長時間、持續不斷地奔跑一般，

　　我們的人生也要不間斷地努力、發展的意思。

B : 聽起來好比人生就是馬拉松，而馬拉松正是人生的哲學。

♥ 공통점 (名) 共同點

A : 우리 세 명이 만난 지도 17년이 됐네.

B : 그러게. 우리 세 명 공통점이라고는 하나도 없는데.

A : 성격, 취향, 입맛, 스타일 등 뭐 하나 비슷한 게 없네, 없어.

B : 우리 셋 생각하면 생각할수록 정말 신기한 인연인 것 같아.

A : 我們三個人相識已經有17年了呢。

B : 就是說呀！我們三個人連一個共同點都沒有。

A : 性格、喜好、口味、風格等沒有一個相似的，沒有！

B : 我們三個人真是越想越覺得是很神奇的緣分呢。

◆ 흔히 [副] — 經常
◆ 자체 [名] — 本身
◆ 꾸준히 [副] — 不斷地
◆ 늘 [副] — 總是
◆ 발전하다 [動] — 發展
◆ 성격 [名] — 性格
◆ 입맛 [名] — 口味
◆ 신기하다 [形] — 神奇

◆ 비유하다 [動] — 比喻
◆ 계속 [副] — 一直
◆ 달리다 [動] — 跑
◆ 끊임없이 [副] — 接連不斷地
◆ 얘기 [名] — 談話, 故事
◆ 취향 [名] — 性向
◆ 스타일 (style) [名] — 風格
◆ 인연 [名] — 緣分

★ 文法解析

1. 動詞/形容詞 + (으)ㄹ 것 같다　　:好像~ 會~

조금 작을 것 같아요.
好像有一點小。

내일 태풍이 올 것 같으니까 한 주 연기하기로 해요.
明天颱風會來，我們延後一週吧。

아무래도 오늘 내로 이 일을 다 처리하지 못할 것 같아요.
今天之內好像沒有方法可以把這件工作處理完。

2. 動詞/形容詞 + (으)ㄹ 수 있다 / 없다　:　會/不會~ ; 能/不能~

저는 닭갈비를 만들 수 있어요.

我會做雞排。

야근을 해야 돼서 오늘 모임에는 참석할 수 없어요.

晚上要加班，沒有辦法參加今天的聚會。

학생 여러분, 열심히 공부하면 분명히 좋은 성적을
받을 수 있을 거예요.

同學們，努力念書的話，一定會獲得好成績的。

> **"사람의 마음은 종이가 아니어서
> 마음대로 접을 수도 펼칠 수도 없습니다."**

人的心畢竟不是紙張，既不能隨意摺疊，亦不能任意張開。

劇名：宮-野蠻王妃 궁

導演：黃仁雷

主演：尹恩惠、朱智勳、金楨勳

播放期間：2006.01.11 ～ 2006.03.3

劇情簡介

　　這是一部與我們活在同一個時代的假想現實連續劇，19 世紀的王子和 21 世紀的平民女性在劇中從未謀面、是有差異性、獨特性的情侶。現在的韓國並非階級社會的國家，但是在台面下因經濟能力而看不見身分地位的社會似乎仍存在著。由男主角無法照自己意願的 19 世紀政策婚姻展開了這個故事，描繪了在這過程當中，看似叛逆又不懂事的少年、少女，完成了連王室都無法處理的改革及變化，甚至結下愛情果實的故事。另外，這部連續劇是由《許浚》、《大長今》的美術團隊，以 HD 高畫質技術重現了王室的面貌，讓人分不清是連續劇還是音樂 MV 的唯美攝影方式，以及使用傳統樂器強調抒情感，另外還有讓故事有了靈魂的 OST 等因素，這齣劇獲得了相當高的人氣。每一集結尾的小熊道具相當創新、別出心裁，獲得了年輕族群的觀眾，當然還有不分年齡層的觀眾的喜愛。在幕後看不見的工作人員們的勞苦比起其他連續劇更加光彩奪目。

　　這一句話出自第 22 集的台詞，男主角中的其中一名律君（金政勳）在皇帝要他重新思考對女主角愛戀的心、叫他放棄的愛情所說出的台詞。早就知道和自己（金政勳）和女主角（尹恩惠）無法實現愛情，但不想、也無法強迫自己的心，依然不可抗拒地向著那個人，所表現出糾結內心的台詞。

例子

♥ 접다 （動）折疊，收起，放棄

A : 실수, 실패는 누구나 다 하는 법이에요.

B : 그것을 모르는 것은 아니지만.

A : 그렇다면, 이번 한 번의 실수로 쉽게 꿈을 접지
않았으면 좋겠어요.

B : 좀더 생각해 보고 다시 결정하도록 할게요.

A：犯錯、失敗是任何人都會發生的事。

B：我不是不懂。

A：那麼，希望妳不會因為這一次的失誤，輕易放棄妳的抱負。

B：我再想一想，會再重新決定的。

♥ 펴다 （動）打開

A : 꼭 다시 긍정적으로 생각해서 꿈을 펼쳤으면 좋겠어요.

B : 그럴게요. 다시 도전해 볼게요.

A : 그래요. 잘 생각했어요. 저도 옆에서 진심의 마음으로 응원할게요.

B : 늘 저를 위한 격려의 말씀 정말 감사합니다.

A：妳一定要正面思考，希望妳可以去實現夢想。

B：我會的！我會再次挑戰的。

A：好。妳這麼想很好。我也會在一旁真心地幫妳加油。

B：謝謝你為了我，總是說這麼多鼓勵的話。

key
word

◆ 실수 [名] － 失誤
◆ 누구나 [名] － 無論誰
◆ 꿈 [名] － 夢
◆ 결정하다 [動] － 決定
◆ 도전하다 [動] － 挑戰
◆ 늘 [副] － 總是

◆ 실패 [名] － 失敗
◆ 이번 [名] － 這次
◆ 생각하다 [動] － 考慮
◆ 긍정적 [名] － 正面的
◆ 응원하다 [動] － 聲援
◆ 격려 [名] － 鼓勵

"만약 팔을 잃게 되면
내 두 발을 평생 네 것처럼 써라"

如果失去了手臂的話，
你就一輩子把我的兩條手臂當作你自己的使用吧。

劇名：朱蒙 주몽

導演：李株煥

主演：宋一國、韓慧珍

播放期間：2006.05.15 ～ 2007.03.06

劇情簡介

　　「韓國歷史上最美麗的時期」、「韓國在歷史上為世界中心的時期」就是高句麗。媲美亞歷山大、成吉思汗，對韓國而言則是高麗開國君王－朱蒙。製作了無數的王和武士歷史的韓國史劇，《朱蒙》表達真英雄誕生的故事。

劇中初期金蛙（全光烈）在戰鬥途中，手臂被毒箭射中後，解慕漱立刻抱住金蛙並說出了這句話，是一句表達兩人之間信賴的台詞。這不僅出現在劇中，在現代社會，政府與人民、經營管理者與勞工、老師與學生等關係上，都是信與義必須存在的地方，但是卻日漸消逝，令人感到惋惜。這句話讓許多觀眾獲得了同感，也深刻體悟、得到啓發。

♥ 만약 （副）如果～

A：만약 내가 이번에 교환 학생으로 뽑힐 수 있다면 정말 좋을 것 같아.

B：그 동안 많이 노력하고 준비했으니까 이번에 꼭 될 거야.

A：고마워, 나는 정말로 한국의 역사를 좀더 깊이 공부하고 싶거든.

B：걱정하지 마. 너만큼 한국 역사에 관심이 많은 사람도 없을 테니까.

A：如果我這次能夠被選為交換學生，那就真的太好了。

B：這段期間你很努力準備，這次一定會被選上的。

A：謝謝。我真的很想再深入學習韓國的歷史。

B：別擔心。沒有人像你一樣對韓國歷史有這麼大的興趣。

◆ 교환 학생 [名] － 交換學生
◆ 역사 [名] － 歷史
◆ 깊이 [名] － 深造
◆ 뽑히다 [動] － 中選
◆ 좀더 [副] － 再 ～ 一點
◆ 관심 [名] － 興趣

1. 動詞/形容詞 + 게 되다　　變得；變成

남자 친구의 바람기 때문에 헤어지게 됐어요.

因為男朋友花心，我們分手了。

한국에 살다 보니 입맛이 바뀌게 됐어요.

因為住在韓國的關係，我的胃口變了很多。

제가 한국에 취직하게 돼서 내년 3월에 출국해야 돼요.

因為在韓國公司上班的關係，明年三月要去韓國。

◎ 芝英打個岔

● 최완규, 정형수 작가 (崔完圭、鄭亨秀)

讓連續劇成為韓流先驅的功勞中，除了導演之外，自然也不能少了編劇作家。若要更認識韓國連續劇，就必須也要了解《朱蒙》的編劇--崔完圭及鄭亨秀。在電視台寫出大型企劃案，並被評論為「連續劇票房靈藥」的崔完圭作家的代表作可以列舉出《醫道,1999》、《商道,2001》、《真愛宣言 all in, 2003》、《食客, 2008》、《IRIS 1, 2009》、《Triangle, 2014》等之外，還有許多作品，說他寫下了韓國連續劇的歷史也不為過。以這樣的評價，可以說是連續劇劇作家界大家中的大家。鄭亨秀作家的作品則有《茶母, 2003》、《夜叉, 2010》、《階伯, 2011》、《懲毖錄, 2015》等，他將事實（fact）和虛構（fiction）徹底建構起來，寫下了深厚紮實的故事劇情，更執筆寫下了作品當中特別鮮明凸出的敘事和人物個性。他希望將來「寫出別人不會挑選的人物故事」，由於這樣的抱負，也成為觀眾們不斷期待的劇作家。

"두려우냐? 너도 사랑을 잃을까 두려우냐?
지지 말거라, 굴하지도 마. 세상이 네게 싸움을 걸거든 싸워.
고통을 견디라 하거든 악물고 견뎌라.
그 수고와 고통, 그 슬픔 뒤에…, 그 뒤에 있는 것이…사랑이다."

怕嗎？你也怕失去愛情嗎？
別認輸，也別屈服！假若這個世界向你挑戰，那就奮力一搏。
假若要你承受痛苦，那就咬緊牙關。
那些艱辛和痛苦、悲傷之後……在那之後的就是……愛。

- -

劇名：黃真伊 황진이

導演：金哲奎

主演：河智苑、金娬愛

播放期間：2006.10.11 ～ 2006.11.28

劇情簡介

　　人生中不論何時都潛在著大大小小的難關。遇到這些難關，是要正面迎擊還是順應接受？將會決定一個人是要成為自己命運的主人，還是要當寄人籬下的寄生蟲。黃真伊為了成為主宰自己命運的人，因此在她生活的那個時代，她成為了揭竿而起的妓女、也是詩人。透過這樣一個熱愛音樂及舞蹈的藝術家的成長過程，訴說一個關於「真正的人生道路」的故事。雖然是最低賤的妓女，但她的名字卻在韓國的歷史上，廣為流傳。黃真伊是個能力傑出的女性，也擁有讓當時所有男性為之傾倒的美貌。

　　在愛情中，有淚水、有歡笑，也有各種試煉。黃真伊在這過程之中逐漸了解人生，也在工作夥伴因選擇愛情而死亡的那一瞬間，對愛情究竟是多餘無用的東西提出了疑問。而這句台詞就是出自於這個場面。師傅或許擔心黃真伊在愛情面前，會對他身為最優秀的妓女的夢想和人生感到挫折，因此以這句台詞解答了她的疑問。

♥ 두렵다 (形) 怕

A : 넌 살면서 두려운 게 뭐야?

B : 난 오만한 사람들을 만날 때가 가장 두려운 것 같아.

A : 그게 무슨 소리야?

B : 난 그렇게 살고 싶지 않기 때문에

　　그런 사람들과 부딪히게 되면 내가 무기력해지거든.

　　난 그런 상황이 두려워.

A : 妳活著最害怕的是什麼？

B : 我最害怕與傲慢之人見面的時候。

A : 這是什麼話？

B : 因為我不想像那樣活著，所以和那種人接觸的話，我就

　　會變得無力。我不喜歡那種情況。

♥ 지다 (動) 輸

A : 제 여자 친구는 항상 저한테 져 줘요.

B : 정말? 이 자식 부러운데, 나와는 정말 반대잖아.

A : 저도 제가 복이 많은 남자인 것 같아요.

B : 좋아서 입이 귀에 걸리네.

A : 我女朋友每次都敗給我。

B : 真的？我真羨慕你。我和你完全相反呢。

A : 我也覺得我是個很有福氣的男人。

B : 你開心地笑到嘴要裂開了。

key word

◆ 오만하다 [形] — 傲慢　　　◆ 부딪히다 [動] — 遇到

◆ 무기력하다 [形] — 沒有力量的　　◆ 입 [名] — 嘴巴

◆ 귀 [名] — 耳朵　　　　　◆ 걸리다 [動] — 被掛上

★文法解析

1. 動詞 + 아/어/여라 ：表示命令

그만 놀고 빨리 공부해라.

你不要再玩了，趕快用功學習吧。

이 비밀 내 남자 친구한테는 말하지 말아라.

你不要跟我的男朋友說這個秘密。

내일 아침 일찍 출발해야 되니까 어서 자라.

明天一大早就要出發，所以快睡覺吧。

"세월이 한참 지나 죽을 때 가까워지면 그냥,
그냥 그런 일이 있었지, 그때가 좋았었지, 그래질 거야.
젊음도 한때 사랑도 한때, 사랑은 흐르는 강물 같으니까."

當歲月流逝，瀕臨死亡時，只是曾經有那麼一回事，當時是美好的，
也會是那樣的啊。年輕也是一時，愛情也是一時。
因為愛情就像那流水一般。

劇名：女人的戰爭 내 남자의 여자

導演：裴宗玉

主演：金喜愛、金相中、裴宗玉

播放期間：2007.04.02 ~ 2007.06.19

劇情簡介

　　這絕對不是一部單純的不倫連續劇，這部連續劇透過現代韓國兩名感到危機威脅的 40 年代女性他們竭然不同的人生，希望能與身為媳婦、妻子、母親或著是正準備獨立生活的眾多女性們，分享這樣的憐惜和同感。這是一部面臨日常生活中強烈風暴的兩名女子以及一名男子，藉由他們的家庭，讓大家思索在「自我和家庭」亦或「自己的人生和家庭」中，探討究竟要將哪一個擔在自己肩上活下去的議題。

　　這一句話是雖然精明幹練且擁有高雅外貌，但内心卻無比寂寞又脆弱的花英所說的台詞。最終三名男女主角全都離婚並且分開，走上自己的道路，花英強忍著淚水，決定回到自己原本的位子，在這個絕望的瞬間，以這句對愛情感到絕望的台詞，讓她對「愛情⋯⋯真是空虛又冰冷」這樣的想法，對這段無可奈何的愛情下了定義。

例子

♥ 한참 (副) 老半天；好一會兒

A : 남자들은 시간이 한참 지나도 왜 첫사랑을 잊지 못하는 걸까요?

B : 정희 씨, 정말 그 이유를 몰라요?

A : 네, 정말 이해가 안 돼요. 우리 여자들하고 정말 많이 다른 것 같아요.

B : '남자에게는 첫사랑, 여자에게는 끝사랑'

그만큼 남자와 여자가 추억하는 부분에 있어서도 많이 다르다는 거예요.

A : 男人們為什麼過了這麼久還是無法忘了初戀呢？

B : 靜熙小姐，妳真的不知道理由是什麼嗎？

A : 是啊，我真的無法理解。似乎和我們女人想的真的很不一樣呢，

B : 男人和女人所懷念的完全不同，「對男人來說是初戀，對女人來說則是最後的愛情」。

♥ 그냥 (副) 就那樣

A : 우리 사귄 지 3주년인데 오늘 뭐하고 싶어?

B : 별로 특별한 거 없잖아. 그냥 간단하게 밥이나 먹자.

A : 그래도 3주년인데.

B : 우리 3주년이고 30대야. 이젠 낭만보다 실속 있는 연예를 해야 할 때이지 않아?

A : 今天是我們交往三週年，想做些什麼嗎？

B : 沒什麼特別想做的，就簡簡單單的吃頓飯吧。

A : 可是是三週年啊。

B : 我們交往三週年，但也已經 30 歲了。現在比起浪漫這件事，我們不是更應該談談有內涵的戀愛嗎？

key word

◆ 첫사랑 [名] — 初戀

◆ 사귀다 [動] — 交往

◆ 별로 [副] — 沒什麼

◆ 실속 [名] — 內涵

◆ 추억 [名] — 回憶

◆ 주년 [名] — 週年

◆ 낭만 [名] — 浪漫

◆ 연예 [名] — 戀愛

◎ **芝英打個岔**

● 김수현 작가 (金秀賢作家)

　　生於 1943 年，以 MBC RADIO 連續劇作家出道，至今仍活躍地製作作品，有「語言的鍊金術師」之稱。

　　她的作品當中以父母和大家庭的構思，就吸引了大眾的同感以及獲得了高人氣。代表作品以韓國歷年連續劇收視率的第二名《情為何物, 1991》為首，還有《洗澡堂老闆家的男人們, 1995》、《青春陷阱, 1999》、《花火, 2000》、《無子無憂, 2012》等，有相當多可以細看韓國傳統大家庭制度或是一家之主性質的連續劇。在韓國，被稱之為連續劇界的活生生的傳說作家金秀賢，筆者認為這位作家的名聲也應該讓海外的觀眾們認識，因此特別介紹。

27
한국어를 알아보기

"네가 남자 건 외계인이 건 이젠 상관 안 해.
정리하는 거 힘들어서 못하겠으니까, 가 보자. 갈 때까지."

你是男人也好，是外星人也好，現在都沒關係。
要我放手，我做不到。試試看吧！我們能走多遠就走多遠吧。

劇名：咖啡王子一號店　커피프린스 1호점

導演：李允貞

主演：尹恩惠、孔侑、李善均、蔡靜安

播放期間：2007.07.02 ～ 2007.08.27

劇情簡介

　　依照這位編劇作家的說法，韓國如果不和遙遠的西方國家相比，僅和鄰近的台灣及日本、還有超過 90% 以上基督教信徒的菲律賓相較之下，對同性戀者的自主權和人權意識依然相當地保守且不甚完善。在這樣的社會氣氛之下，當時這部連續劇的同性戀題材相當有衝擊性。如果處理不好，就會招致極大的偏見和反感的危險遊戲中，因此必須發揮編劇作家和 PD 的力量；但是相反地，也可以看做是一部把同性戀者視為是擁有相同情感的人，並且從接納、包容角度出發的連續劇。

　　這一句話是被貼上所謂「男男 KISS」，並且引起高度話題性的場面，在網路上掀起一陣熱潮，並且被以各種形式模仿，是曾經相當流行的畫面。這是為了逃避政策婚姻而假裝是同性戀的男主角（孔劉）在辨別不清自稱是男人但其實是女兒身的女主角（尹恩惠）這樣的情況下，向女主角表白自己的內心的話語。這是女主角尹恩惠從歌手轉型成實力派演員的跳板，而這個契機也讓她的演技獲得好評。

♥ 상관 (名) 相關：關係

A : 누나는 정말 제가 지금 아무것도 가진 것이 없는데도
　　괜찮아요?

B : 응, 난 상관 없어. 내게 지금 우리의 감정이 더 소중하
　　고 귀해.

A : 저도 누나를 좋아하지만, 너무 미안해서요.

B : 아니, 지금 나에 대한 너의 마음이 진심이면 돼. 그거
　　면 돼.

A：我現在一無所有，姐姐真的沒有關係嗎？

B：嗯，沒關係！對我來說，現在我們的感情更加珍貴。

A：我雖然也很喜歡姐姐，但我覺得很抱歉。

B：不，現在只要你對我是真心的就夠了。只要這樣就夠
　　了。

◆ 누나 [名] － 姐姐　　　　◆ 감정 [名] － 感覺
◆ 소중하다 [形] － 珍貴　　◆ 귀하다 [形] － 珍貴；尊貴

1. 動詞/形容詞＋(으)ㄴ/는 　：的；了

어제 다친 다리는 괜찮아요?
你昨天受傷的腿，現在還好嗎？

노란색 원피스를 입은 사람을 찾으면 돼요.
只要找穿黃色連身裙的人就行。

우리 함께 영화를 보고 느낀 점을 나눠 보도록 해요.
我們要一起來分享一下看完電影的感覺如何。

"대상에 공동이 어디에 있어.
이게 개근상이야? 선행상이야?"

哪裡有共同獲得大獎這種事情？

這是全勤獎嗎？還是善行獎嗎？

劇名：真愛 On Air 온에어

導演：申宇哲

主演：李凡秀、金荷娜、宋允兒、朴龍河

播放期間：2008.03.05 ～ 2008.05.15

劇情簡介

　　這不是一部單純男女愛情的連續劇。的確，韓國連續劇的致命性缺點是時間過於緊迫以及拍攝份量應該如何掌控等這些播放、製作的情況。這齣連續劇希望能夠讓觀眾看到編劇作家及導演、演員和工作人員們在有限的時間內，是如何發生慘烈的鬥爭。另外，也寫實地描繪出演員和經紀公司之間的糾葛以及如何面對至今不停發生緋聞的明星面貌，緊緊抓住了觀眾的視線，是一部主題非常新鮮的連續劇。再加上這部連續劇有很大一部分在台灣的九份和野柳等地拍攝，至今韓國觀光客到台灣旅遊時，因為受到連續劇的影響，更能特別感受到一份親近的感覺。

　　這一句話是從第一集開始，就像是擬定好作戰計劃，要辛辣地批判電視公司的樣子，她們無法同意為人所推崇，被稱之為「大獎」的獎項性質，在明星的演技和經紀公司的壓力以及電視公司的利害關係之下，無法接受共同授獎方式，因此決定反抗，不再參加年終的頒獎典禮。

◎ 芝英打個岔

● 演員（故）朴容夏

　　朴容夏出生於 1977 年，在 2010 年以 30 歲出頭的年紀，自殺結束生命。朴容夏演唱了裴勇俊、崔智友一起出演的連續劇《冬季戀歌》和《真愛賭注 (all-in)》的原聲帶，比起韓國，在日本更是一位縱橫無阻的高人氣演員。在日本境內人氣高漲，可從他連續四年獲得日本 GOLDEN DISK 的首位韓國人的紀錄看出。但是就像是連續劇《on-air》的另一句著名台詞「演員就像是煙火，雖然會華麗地綻放，但卻將淒涼地消失」一般，因個人家庭私事和憂鬱症等因素，在人氣最高峰時結束生命，令人相當惋惜。

"이 구준표님이랑 결혼해 줘"

跟這位具俊表先生結婚吧

劇名：花樣男子 꽃보다 남자

導演：全基尚

主演：具惠善、李敏鎬、金賢重

播放期間：2009.01.05 ~ 2009.03.31

劇情簡介

　　這齣韓劇的日本原著漫畫在台灣先被製作成偶像劇並引起一陣狂熱後，接著日本版製作完成，韓國也緊跟上製作了韓國版。這部連續劇訴說著平凡庶民家庭出身的一名少女轉學進入了滿是富家子弟的高中，見到了四名花美男富二代少年後，所發生的大小衝突事件，是一部描繪青少年羅曼史的連續劇。本劇特別為了刻劃財閥們的私生活，特別到了以往連續劇中難以見到的新喀里多尼亞、澳門的六星級飯店、度假村等地，以超豪華的拍攝方式，增加了許多值得觀賞的景點，讓本劇的觀眾掀起了一波「花美男行程」的熱門旅遊。尤其因為這部連續劇，讓今日的韓流明星李敏鎬重新被看見，對於李敏鎬個人而言，也是一部給他帶來最大幸運的作品。

　　這一句話是在本劇最後一集中，歷經許多波折後，經過了四年的時間，具俊表（李敏鎬）搭專用直升機飛到了金絲草（具惠善）正在醫療志工服務的島上村莊，以美麗的大海做為背景，為了彌補過去四年空白的時間，引用了以前不懂事的時候自稱的「具俊表先生」，更風趣、甜蜜地向金絲草求婚的場景。

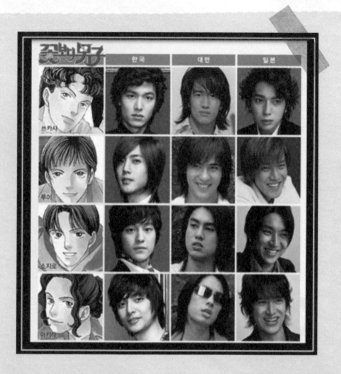

〈原著〉　　　〈台灣－2002〉　　〈日本1－2005〉　〈日本2－2007〉

"나 살고 싶어. 사는 것처럼 제대로 살고 싶어.

죽지 못해 사는 게 아니라, 사는 것처럼."

我想活下去。像真的活下去般，好好地活下去。

不是如行屍走肉般、而是像活著一樣。

劇名：賢內助女王 내조의 여왕

導演：高東善

主演：金南珠、吳智昊

播放期間：2009.03.16 ～ 2009.05.19

劇情簡介

在韓國，企業組織說是「男人的世界」一點也不為過，不然也可以比喻成軍隊。這部連續劇展現出了如同軍隊一般男人的世界背後，支撐他們的女人的世界。特別是在這部連續劇當中，雖然不是沒有誇大的成分，但是韓國的職場環境和現實世界被赤裸裸地刻劃出來。另外，夫婦關係、婚姻關係、相愛的關係、忌妒的關係、報答恩惠的關係等等，不是全部都平等的；這齣劇或多或少將這樣的事件用多樣化的面貌展現出來，讓這個故事更緊湊、更高潮迭起。

這一句話是雖然出身於首爾大學，但在畢業前夕卻申請退學的男主角溫達秀（吳智昊）進入了各地的大企業工作，但卻無法適應而不停地被解雇。在這之中，進入了本劇的中心場所－大企業「Queen's Food」之後，因為在公司內不斷出現挫折以及對個人私生活的無力感，而感嘆自己的身世所說出的台詞。

♥ 제대로 （副）順利：好好兒

A : 이번에는 정말 제대로 고백해 볼 거야.

B : 그래, 너무 쉽게 포기하지 마.

A : 응, 이번에는 반지하고 꽃을 제대로 준비한 후 고백할 거야.

B : 고백 후 결과 알려주는 거 잊지 마.

A : 這次我會試著好好告白的。

B : 好，不要輕易放棄。

A : 嗯，這次我會好好準備好戒指和花以後再告白。

B : 告白以後不要忘記告訴我結果。

◆ 고백하다 [動] － 告白　　◆ 포기하다 [動] － 放棄

◆ 반지 [名] － 戒指　　◆ 꽃 [名] － 花

★文法解析

1. 動詞 + 지 못하다 　：無法；不能

콘서트 티켓(ticket)이 다 팔려서 사지 못했어요.
演唱會的票都賣完了，所以買不到。

제 친구는 언제나 잘 알지 못하면서 아는 체를 해요.
我的朋友總是不懂裝懂。

저는 어제 화를 참지 못하고 친구에게 소리를 질렀어요.
我昨天忍不住發火對朋友大叫。

〜〜〜〜〜〜〜〜〜〜〜〜〜〜〜〜〜〜〜

2015年 韓國財經界企業順位

2015년 국내 재계 순위
자산총액기준 상위 기업
1. 삼성그룹
2. 현대자동차그룹
3. SK
4. LG그룹
5. 롯데그룹

資產總額標準　上位企業
1. 三星企業　　2. 現代汽車集團　　3. SK　4. LG GROUP　　5. 樂天集團

"사람은 능력이 모자랄 수 있습니다. 사람은 부주의할 수 있습니다.
사람은 실수를 할 수도 있습니다. 사람은…그럴 수 있습니다.
하지만, 내 사람은 그럴 수 없습니다. 내 사람은!"

人有力所不及之事。人會有疏忽的時候。
人也有失誤的時候。人是有這些時候的。
但是我的人不能這樣。我的人！

劇名：善德女王 선덕여왕

導演：金根弘

主演：高賢廷、李瑤媛

播放期間：2009.05.25 ～ 2009.12.22

劇情簡介

　　這部連續劇講述新羅時代第一位女王－第 27 代善德女王的故事。本劇
描述新羅統一前，女主角中其中一名美室（高賢廷）掌有所有大權的政治情
況下，在瀕臨死亡之際，受到傳說中花郎國仙文弩的幫助而戲劇性地存活下
來，善德女王（李瑤媛）與美室激烈的鬥爭之中，以理義和信賴為基礎，將
敵人的勢力一點一點地拉攏到自己這邊，最後登上了新羅第一位女王。

　　這一句話是在眾多臣子背叛真平王，情勢倒向美室一方時，唯一沒有背
叛王的文弩為了救出剛出生的善德女王而潛入了宮中。在這之後，被文弩的
計謀騙過，錯失善德女王的美室對此感到相當憤怒，而將怒氣發洩在臣子身
上，為了殺雞儆猴，和上述台詞一起，在臣子面前揮舞著刀將他殺害。這個
場面讓飾演美室一角的實力派演員高賢廷的演技重新受到更高的評價，也讓
她穩獲年終「MBC 演技大獎頒獎典禮」的大獎。

♥ 모자라다 （動）不足，不夠

A : 저 영어 학원에 다시 등록하려고요.

B : 왜요? 이번에 토익(TOEIC) 점수도 800점이 넘었잖아요.

A : 토익 점수에 비해서 회화 실력이 모자란 것 같아서요.

B : 하기는 외국어는 뭐니 뭐니 해도 회화가 중요하죠.

A : 我打算再去報名一次英文補習班。

B : 為什麼？你這次得多益(TOEIC)分數不也超過了800分嗎？

A : 比起多益分數，我的會話實力還很不足。

B : 也是，說來說去，外文重要的就是會話了。

♥ 부주의하다 （形）不注意，不小心

A : 아, 나 못살아. 오던 길에 창피해서 죽는 줄 알았네.

B : 왜? 무슨 일인데? 바지는 또 왜 그래?

A : 문자 보내다가 부주의해서 물이 많이 고여 있는 데를 못 봤잖아.

B : 아이고, 조심 좀 하지.

A : 啊，我不想活了。來的路上，丟臉死了。

B : 怎麼了？有什麼事嗎？你褲子怎麼這樣？

A : 傳簡訊傳到一半，沒看到積了很多水的地方一不小心就……。

B : 哎呀，小心一點。

key word

- ◆ 다시 [副] － 再
- ◆ 토익 [名] － 多益
- ◆ 넘다 [動] － 超過
- ◆ 실력 [名] － 實力
- ◆ 못살다 [動] － 活不了
- ◆ 창피하다 [形] － 丟臉
- ◆ 문자 [名] － 簡訊

- ◆ 등록하다 [動] － 報名
- ◆ 점수 [名] － 分數
- ◆ 회화 [名] － 會話
- ◆ 하기는 [副] － 說真的
- ◆ 길 [名] － 路
- ◆ 바지 [名] － 褲子
- ◆ 고이다 [動] － 積

"고미남, 앞으로 네가 날 좋아하는 걸 허락해 준다."

高美男，我允許你之後可以喜歡我。

劇名：原來是美男 미남이시네요

導演：洪成昌

主演：張根碩、李弘基、朴信惠、鄭龍華

播放期間：2009.10.07 ～ 2009.11.26

劇情簡介

　　近來調查韓國青少年未來志願，想要成為藝人的比率是壓倒性的高，如同這齣劇反映了這樣的情況。在這部連續劇當中，10 幾歲的偶像團體成員們的成長過程以及環繞在他們身邊的愛情和糾葛等被更加細密地刻劃出來。事實上，這部連續劇在韓國播出當時，並沒有獲得廣大的喜愛。但是相反的，在日本和台灣地區，仰仗著由張根碩為首，朴信惠、鄭容和、李弘基等人粉絲們的熱情和演員的知名度，因此這部連續劇也可說是在連續劇輸出產業上也確實有所貢獻的作品。

　　這一句話是得知了美男喜歡自己的泰京（張根碩）不再對對美男有所警戒，處處看他不順眼，而漸漸地朝美男飛奔而去。以這樣有點傲慢、不可一世的語氣表達了過去在一般人眼中可能會認為是「居然有這種不像話的話？」的想法，但是對於劇中因為不幸福的家庭和與母親之間很深的糾葛所留下來的傷痛，在心中築下了高牆的泰京而言，卻是一句盡他所能、相當艱難才說出的台詞。筆者認為這也讓觀眾們對此有所同感，一同感受高美男所感覺到的那種怦然心動的瞬間。

♥ 허락하다 (動) 允許

A : 이번에 혼자 한 달 동안 배낭여행 가는 거 부모님께서도 허락하셨어?

B : 그럼, 당연하지. 테러(terror)다 뭐다 해서 좀 걱정을 하셨는데. 내가 적극 설득했지.

A : 야, 정말 대단하다. 한 달 동안의 유럽 배낭 여행이라니.

B : 내가 이날만을 얼마나 손꼽아 기다렸는지 너도 알지.

A : 妳的父母也同意你這次單獨去一個月的背包旅行嗎？

B : 當然。雖然因為發生恐怖攻擊有點擔心，但我積極地說服了他們。

A : 啊，妳真的很厲害。居然要去歐洲一個月自助旅行。

B : 你也知道我盼望這天盼了好久。

◆ 배낭여행 [名] － 背包旅行　　◆ 테러 (terror) [名] － 恐怖行動

◆ 적극 [名] － 積極　　　　　　◆ 설득하다 [動] － 說服

◆ 대단하다 [形] － 厲害　　　　◆ 유럽 (Europe) [名] － 歐洲

◆ 이날 [名] － 這天　　　　　　◆ 손꼽다 [動] － 希望已久

33
한국어를 알아보기

"그럼 앞으로 막말 많이 해야지!"

那以後難聽的話我要多說一點！

■ 劇名：IRIS 아이리스

■ 導演：金奎泰

■ 主演：李秉憲、金泰熙

■ 播放期間：2009.10.14 ～ 2009.12.17

劇情簡介

　　這是一部描述對於一般民眾來說相當陌生的國家安全局諜報員（NSS）的工作和愛情的連續劇。這部連續劇在製作初期開始，就以兩百億韓元的龐大製作費和在海外拍攝的多種景點以及結構紮實的劇情在韓國國內獲得了相當高的人氣。特別是因為這部連續劇中，女主角金泰熙確實地消除了過去對她演技的爭論，也是讓她成為美貌與演技兼備女演員的契機。

　　這句話出自於又被稱為「糖果之吻」的場面當中，當時，甚至到了現在依然在許多作品和搞笑節目中被模仿，是歷代極有名的接吻場面之一。在這個吻之後，女主角（金泰熙）問男主角（李秉憲）：「那時候你為什麼突然吻我？是對我的挑戰嗎？」。對此，男主角淡淡地說是因為當時他想怎麼會有那麼難聽的話從一個漂亮的女生的嘴巴中說出來，所以才想暫時堵上她的嘴。聽完這句話後，女主角回答了上面的台詞，也是表示她喜歡和男主角接吻，以後也希望可以繼續相愛下去。

♥ 막말 （名）難聽的話，胡說

A : 이 부장님, 아무리 김 대리가 잘못을 했어도 그렇게 막말하시면
안 되죠.

B : 아니, 송 과장, 지금 누구 편을 드는 거야?

A : 그게 아니고요. 방금 전에는 부장님께서 좀 심하셨어요.

B : 아니, 아까 보고도 몰라? 그 상황에서 좋은 말이 나오겠냐고?

A：李部長，就算金代理有錯，也不應該說出那麼難聽的話呀！

B：不是，宋課長您現在是站在誰那邊呢？

A：不是這樣的！剛剛部長您真的有些過分了。

B：您剛剛看了還不清楚嗎？那種情況下，我哪說得出好話？

- ◆ 부장님 [名] － 部長
- ◆ 잘못 [名] － 錯誤
- ◆ 방금 [副] － 不久前
- ◆ 아까 [副] － 剛剛
- ◆ 대리 [名] － 代理
- ◆ 과장 [名] － 課長
- ◆ 심하다 [形] － 太過分
- ◆ 모르다 [動] － 不知道

"야 붕어, 너 내 도마 위에서 내려가면 죽는다."

喂！金魚，你如果從我的砧板上下來的話，你就死定了。

劇名：料理絕配 Pasta 파스타

導演：權錫章

主演：孔孝真、李善均

播放期間：2010.01.04 ～ 2010.03.09

劇情簡介

　　這部連續劇繼《我叫金三順》的甜點師傅（pâtissier）和《咖啡王子 1 號店》的咖啡帥（barista）之後，被稱作是接班人也不為過，以義大利餐廳為背景的《愛之義麵（pasta）》的主廚（chef）的故事為主題的故事。夢想成為料理師的女主角在餐廳當了三年的廚房助手，卻在晉級前夕被新來的主廚解雇了。韓國成語中說「恨是最可怕的情感」，兩人在爭吵當中漸漸迷戀上彼此，在廚房這個兩人世界裡，瞞著同事們偷偷地產生愛的火花。

　　這一句話與前一篇介紹 IRIS 的「糖果之吻」同樣讓韓國人留下了深刻印象，是男主角李善均和女主角孔孝貞的接吻場景。男主角告訴女主角說她沒有一個地方長得漂亮，但突然說某個地方看起來漂亮後，便親吻了女主角的左眼和右眼，之後像個主廚一般地表達出「不要離開我身邊的愛意」。比起言語或文字的表現，透過畫面所看見的演技，更能讓人感受到他們之間的愛情。

♥ 붕어 (名) 鯽魚

A : 어, 효정 씨, 무슨 일 있었어요? 눈이...,

B : 제 눈 붕어눈 같죠?

A : 그러니까요. 도대체 무슨 일이 있었길래.

B : 어제 새벽에 참지 못하고 라면을 끓여 먹고 잤더니 이렇게 퉁퉁
부은 거 있죠.

A : 哎呀，孝靜小姐，發生什麼事了麼？眼睛⋯⋯

B : 我的眼睛很像金魚吧？

A : 就是說呀！到底發生什麼事了？

B : 昨天半夜實在忍不住了，所以就煮了泡麵來吃，結果眼睛就
浮腫了。

◆ 눈 [名] － 眼睛   ◆ 붕어눈 [名] － 鯽魚眼
◆ 도대체 [副] － 到底   ◆ 새벽 [名] － 凌晨
◆ 라면 [名] － 泡麵   ◆ 끓이다 [動] － 煮
◆ 퉁퉁 [副] － 鼓鼓的   ◆ 붓다 [動] － 腫

> "그리하고 싶습니다. 그리해도 된다면 그럴 수만 있다면,
> 전하의 마음을 받고 제 마음을 드리고 싶습니다.
> 제가 감히 그리해도 되겠습니까?"

我希望如此。如果可以的話、只要可以的話，
我希望得到殿下的心，並奉上我的心。可我怎敢如此呢？

劇名：同伊 동이

導演： 李秉勳

主演：韓孝珠、池珍熙

播放期間： 2010.03.22 ～ 2010.10.12

劇情簡介

這是一部刻畫朝鮮王朝第 21 代英祖的生母，也是 19 代肅宗的後宮之一，賤民出身的女人--淑嬪崔氏坎坷不平的漂泊人生，以及其兒子英祖成長的歷史劇。特別是在這部連續劇中，身為王朝時代身分階級當中最底層的賤民，連身為人的最小價值都無法獲得認同，僅僅只有作為財物的交換價值而已。這部連續劇透過女主角描繪出他們人生的枷鎖以及希望，當然也凸顯朝鮮身份社會嚴重的矛盾和急遽的變化。

這一句話是到了最後一集，離開男主角肅宗（池珍熙）身邊去見父親的女主角同伊（韓孝珠），在聽完肅宗要求自己留在身邊的話所說出的台詞，同時同伊也表達出對肅宗的愛慕之心，是一部以圓滿結局結束的連續劇。這句台詞也暗暗影射著在現代無法想像的朝鮮時代嚴格的身分制度之下的愛情相當純樸，而這份純樸有時候卻是最奢侈的事。

♥ 그리하다 (動) 就這樣

A : 그리하면 아니 되옵나이다.

B : 소자, 어찌하오면 어마마마를 기쁘게 해 드릴 수 있는지요?

A : 배움을 게을리해서는 아니 될 것이옵나이다.

B : 소자, 어마마마의 말씀을 깊이 새기겠나이다.

A : 這樣萬萬不可。

B : 孩兒，那該如何讓母后開心呢？

A : 不懈怠學習就可以了。

B : 孩兒，果然是將母后的話銘記於心啊。

♥ 감히 (副) 敢

A : 네가 감히 나를 배신해? 그러고서 네가 사람이라고 할 수 있어?

B : 이건 배신이 아니지. 내게는 둘도 없을 기회라고 기회.

A : 그러니까, 지금 너 혼자 살자고 네 길 찾아 떠나겠다는 거 아니야.

B : 우선 나라도 살아야 너를 도와줄 수 있을 거 아니야. 나쁘게만
생각하지 마.

A : 你怎麼敢背叛我？這樣你還能被稱之為人嗎？

B : 這不是背叛！對我來說不會再有第二次機會。

A : 所以說，現在你打算獨自離開去尋找你自己的路，
不是嗎？

B : 我要先生存下去才能幫助你不是嗎？不要往壞的地方想。

key
word

◆ 소자 [名] — 小兒
◆ 어마마마 [名] — 母后
◆ 배움 [名] — 學習
◆ 깊이 [副] — 深
◆ 기회 [名] — 機會
◆ 떠나다 [動] — 離開

◆ 어찌하다 [動] — 如何
◆ 기쁘다 [形] — 開心
◆ 게을리하다 [動] — 懶惰
◆ 배신하다 [動] — 背叛
◆ 혼자 [名] — 一個人
◆ 도와주다 [動] — 幫助

36
한국어를 알아보기

"제가 만든 것은 빵이 아니었습니다. 누군가의 추억이었습니다."

我做的不是麵包。是某個人的回憶。

劇名：麵包王金卓求 제빵왕 김탁구

導演：李正變

主演：尹時允、李英雅、柳真、周元

播放期間：2010.06.09 ～ 2010.09.01

劇情簡介

　　這部連續劇中，男主角金卓求（尹施允）以在製作麵包上具有與生俱來的嗅覺天賦，經歷各種試煉後，成為了麵包業的第一把交椅。金卓求在小時候以私生子的身分進入了麵包業龍頭巨星家族，但是他的人生卻並不平順。同父異母弟弟的陰謀和與親生父親之間的愛與恨、在愛情開花過程中的挫折等等，可是這年輕的青年卻朝著夢想，從不放棄，孤軍奮鬥著，闖出自己的一片天。

　　這一句話是男主角回想到師傅八峰老師的麵包店之前做麵包的態度時，想要做出的並不是「單純為了賣給別人的麵包」，也不是「做為賺錢手段的麵包」，而是「創造出每一位客人的回憶，日後也要以這樣的態度製作麵包」這樣的麵包哲學。觀察韓國的情況，因麵包業和部分大企業結盟而產生的連鎖販賣，導致小型麵包店已經不如以往那樣可以輕易看到。在這樣的情況下，這句台詞雖然不一定吸引觀眾，但卻是讓人回味起過去的小型麵包店的鄉愁和回憶的一句溫暖台詞。

例子

♥ 추억 （名）回憶

A：선배는 살면서 가장 아름다웠던 추억이 뭐예요?

B：음, 아무래도 첫 키스(kiss)에 대한 추억이 아닐까 싶은데.

A：정말요? 왜요? 어땠는데요?

B：함박눈이 펑펑 내리던 날, 갑작스럽던 그의 키스. 지금 생
　　각해도 찌릿한 걸.

A：前輩您活到現在，最美好的回憶是什麼呢？

B：嗯，不管怎麼說，我想應該是初吻的回憶吧。

A：真的嗎？為什麼？是什麼樣的情況呢？

B：在下著大雪的某天，他突然的一個吻。現在回想起來都還
　　有種酥麻的感覺。

key
word

◆ 선배 [名] — 學長,學姊

◆ 아름답다 [形] — 美麗

◆ 아무래도 [副] — 不管怎麼說

◆ 키스 [名] — 接吻

◆ 어떻다 [形] — 如何

◆ 함박눈 [名] — 大雪

◆ 펑펑 [副] — 紛紛

◆ 내리다 [動] — 落下

◆ 갑작스럽다 [形] — 突然

◆ 찌릿하다 [形] — 陣顫

"이 세상 그 누구도 부모를 선택하거나 자기가 원하는 모습으로 태어나지는 않아, 우리가 선택할 수 있는 일은 단 하나뿐이다. 오늘 내가 어떻게 살 것인지 그것뿐이야."

這世上任何人都是不能選擇父母，不能按照自己的意願出生的。
我們能選擇的事情只有一個，今天我將如何過，僅此而已。

- -

劇名：成均館緋聞 성균관 스캔들

導演：金元錫

主演：朴有天、朴敏英、宋仲基、劉亞仁

播放期間：2010.08.30 ~ 20010.11.02

劇情簡介

　　自豪於 600 年歷史的國學，成均館史劇在歷史上是第一次被翻拍出來，是一部想讓我們這個時代再次體悟學習意義的連續劇。不僅男女有別，禁止女性出入的朝鮮時代成均館，女扮男裝進入這個空間的女主角金允熙在被發現就會立刻死亡的這個駭人空間裡，想隱瞞事實的人以及想揭發事實的人、趕人的人以及被趕走的人之間的結構充分地將緊張感發揮得淋漓盡致。另外，透過每個個性鮮明的人物形象，如同將愛的本質以及「成均」的本意，與實現調合交融，把這部連續劇理解為朝鮮時代校園的青春史劇再適當不過了。

　　這一句話是身為世世代代掌控權力老論家族的兒子--男主角之一的李先俊（朴有天）對沒落的兩班子弟男扮女裝的女主角金允熙（朴敏英）所說的台詞。強調不論在朝鮮時代階級社會出生，以及天生依靠父母自然而然地獲得的環境如何，都毫無關係，每個人自己想要活出什麼樣的人生其實更加重要，是一句激勵在每集當中都經歷許多試煉的金允熙不要輕易屈服的台詞。

♥ 선택 （名）相關；關係

A : 빨리 선택해. 나야 친구야?

B : 뭘 자꾸 선택하래. 나한테는 너하고 친구들 둘 다 중요해.

A : 모르는 거 아니야. 하지만 내일은 우리가 만난 지 2년 되는 날이잖아.

B : 너와 먼저 시간 보낸 후 친구들 만나러 간다니까. 그 정도도 이해를 못해?

A： 快選吧！是我還是朋友？

B： 幹嘛老是叫我做出選擇！對我來說你和朋友們兩者都很重要。

A： 我不是不知道！但是明天是我們交往兩週年的日子嘛！

B： 所以我說我先和你見面後，再去見我的朋友。這樣也不能體諒嗎？

♥ 뿐 只；只是

A : 알지? 나한테는 오직 너뿐이라는 거.

B : 그럼, 나한테도 여자는 너 한 명뿐이야.

A : 영원한 사랑은 없다고 하던데. 우리의 사랑도 변할까?

B : 우리의 사랑은 절대 변하지 않을 거야. 내가 앞으로도 더 잘할게.

A： 你知道吧？對我來說我只有你而已。

B： 當然。對我來說我也只有你一人而已。

A： 別人都說沒有永遠的愛情，我們的愛情也會變嗎？

B： 我們的愛情絕對不會改變的！我以後會做得更好的。

key
word

◆ 빨리 [副] — 快點　　◆ 중요하다 [形] — 重要

◆ 내일 [名] — 明天　　◆ 먼저 [副] — 先

◆ 이해 [名] — 理解　　◆ 알다 [動] — 知道

◆ 오직 [副] — 只　　　◆ 영원하다 [形] — 永遠的

◆ 절대 [副] — 絕對　　◆ 변하다 [動] — 變化

★文法解析

1. 動詞/形容詞 + 거나 ：或 ; 或是

토요일에 만나거나 일요일에 보자.

我們禮拜六或是禮拜天見吧。

쉬는 날 인터넷을 하거나 한국어를 공부해요.

我放假的時候都上網或學韓文。

내년에 워킹 홀리데이(working holiday) 를 가거나
여행을 갈 거예요.

明年要去打工度假或是去旅行。

38
한국어를 알아보기

"길라임 씨는 몇 살 때부터 예뻤나?"

吉羅琳小姐是從幾歲開始就這麼漂亮的？

劇名：祕密花園 시크릿가든

導演：申宇哲

主演：河智媛、玄彬

播放期間：2010.11.13 ～ 2011.01.16

劇情簡介

　　很多人說男人不了解女人，女人也不了解男人。也說就算躺在同一張床上，也會同床異夢；就算使用同一種語言，也會談不來；就算熱烈地相愛著，也會死都要吵架，這就是男女之間的關係。這樣的男女如果互換了身體，過著彼此不熟悉的生活的話會變得如何呢？這正是由作家如此發想所製作而成的浪漫魔幻連續劇。個性刻薄的男主角偶然間認識了夢想成為最優秀替身女演員的女主角，之後開始各種衝突直到圓滿結局的結尾為止，這中間有很多著名台詞和流行語，不僅在播出當時讓全國上下掀起一股「秘密花園」熱潮，之後就連 OST 也獲得了令人無法想像的高人氣。

　　這一句話出自可以說是史上再刻薄也不為過的男主角金周元（玄彬）思念女主角吉羅琳，最後不顧自己的社會地位，跑到了女主角練習替身演員的地方，加入了暖身練習，與女主角兩人一組，一邊做仰臥起坐，一邊直接明瞭地表達對女主角好感的場面。另外，與這句台詞無關但可相提並論，《IRIS 1》中有「糖果之吻」；《秘密花園》當中則有「泡沫之吻」。這個畫面至今，以及之後也一直都會被觀眾所提起。

★文法解析

1. 名詞＋부터　　：從~

저는 새해부터는 꼭 금연을 할 거예요.

我決定從今年開始戒菸。

내일부터 강력한 태풍이 올 거라고 해요.

明天開始會有很強的颱風來。

숙제는 8과부터 15과까지의 단어예요.

作業是從第 8 課到第 15 課的單詞。

39
한국어를 알아보기

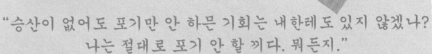

"승산이 없어도 포기만 안 하면 기회는 내한테도 있지 않겠나?
나는 절대로 포기 안 할 끼다. 뭐든지."

即使沒有勝算，只要不放棄的話，我不是也有機會嗎？
我是絕對不會放棄的！不論什麼因素。

劇名：夢想起飛 드림하이

導演：李應福

主演：金秀賢、秀智

播放期間：2011.01.03 ～ 2011.02.28

劇情簡介

　　1999 年在韓國以描述高中二年級學生的大學入學考試和校內體罰以及離家出走青少年等問題，從《學校 1》開始，之後還有《學校 2, 2000》、《學校 3, 2013》等，之後更有學校系列的新版本《Who are you, 2015》，持續製作青春校園的連續劇。在《Dream High》中，與上述的學校系列不同，是描述在夢想成為藝人的演藝學校中，激烈的競爭關係下所發生各式各樣的事件及糾葛的連續劇。特別是在這部連續劇中，不僅可以細看韓國娛樂產業的面貌，更以練習生的歌唱與演技、舞蹈等各種看頭，緊緊抓住了觀眾的視線。尤其是飾演鄉下青年宋森動的金秀賢的方言演技，在評論家眼中絲毫不遜色。

　　常有人說想要成為藝人，而單單只有實力是絕對不行的。演藝界是需要人脈及經濟能力做為後盾才能從事的行業。這一句話在這情況之下，毫無人脈及經濟能力的鄉下青年男主角宋森動即使不斷地從試鏡落選，卻在練習室中獨自練習的時候，對演出對手戲的女主角慧美（秀智）傳達自己的強烈意志的台詞。就算現在一無所有，但要以「努力絕對不會背叛你的」的信念，加緊腳步繼續練習。。

♥ 승산 (名) 勝算

A : 딱 봐도 승산이 없어 보이는데 그만 포기하지 그래.

B : 선배님, 전 승산이 없어도 괜찮아요. 이 길 꼭 끝까지 가 보고 싶어요.

A : 벤처(venture) 사업으로 성공한다는 게 말처럼 쉬운 일이 아니잖아.

B : 모르는 거 아니지만, 지금 아니면 두 번 다시는 용기를 내지 못할 것 같아서요.

A : 一看就知道沒有勝算，乾脆放棄吧 。

B : 前輩，就算沒有勝算也沒有關係！我想要走到最後看看。

A : 如同想以風險（venture）事業成功的話，這不是件簡單的事情。

B : 雖然我不是不知道，但如果不是現在的話，我可能無法再次鼓起勇氣了。

♥ 절대로 (副) 絕對

A : 여보, 주식만큼은 절대로 하면 안 돼요.

B : 왜? 내 주변 사람들은 대부분 조금씩 다 하던데.

A : 주식으로 망하는 사람이 얼마나 많다고요. 절대로 안 돼요.

B : 우리가 망할 돈이라도 있어? 사람, 괜한 걱정을 하고 있네.

A : 老公，你絕對不可以投資股票！

B : 為什麼？我身邊的人們大部分都有投資一點。

A : 有多少人因為股票的關係失敗呀！絕對不行。

B : 我們哪裡有可以失敗的錢？妳這個人真是杞人憂天。

key word

◆ 벤처사업 [名] —風險企業　　◆ 성공하다 [動] — 成功

◆ 용기 [名] — 勇敢　　◆ 여보 [名] — 老婆

◆ 주식 [名] —股票　　◆ 주변 [名] — 周邊

◆ 대부분 [副] — 大部分　　◆ 망하다 [動] — 滅亡

◆ 돈 [名] — 錢　　◆ 걱정 [名] — 擔心

★文法解析

1. 疑問代名詞 + (이)든지　　：無論什麼；不管

저는 뭐든지 다 잘 먹어요.

我吃什麼都可以。

이번 휴가 때 어디에 가고 싶어요? 어디든지 다 말만 해요.

這個休假無論想要去哪兒都跟我說吧。

오늘 어머니 생신이시잖아요. 필요한 거 있으시면 뭐든지 다 말씀만 하세요.

今天是媽媽妳的生日，請說說妳有什麼需要的東西吧。

"구애정, 삼백 번이나 참아서 충전이 필요해."

具愛貞……我已經忍了 300 遍了，所以我需要充電。

劇名：最佳愛情 최고의 사랑

導演：朴洪均、李東潤

主演：車勝元、孔孝真

播放期間：2011.05.04 ～ 2011.06.23

劇情簡介

　　在愛情當中，有辦法鼓起勇氣去愛一個對我來說是好感，但對別人來說卻是相當地厭惡的對象嗎？這部連續劇的作家希望透過這個作品傳達如果可以鼓起那種勇氣的話，對別人來說雖是最糟糕的愛情，但對當事人來說卻是最佳愛情的理念。這部連續劇是描述出身於女子團體，卻漸漸敗落成為厭惡的對象，在演藝界勉強活動著的女主角具愛貞（孔孝真）與國民好感度第一名的明星獨孤振的愛情故事。連續劇的主線雖然與電影新娘百分百（Notting Hill）相似，但車勝元與孔孝真的絕佳默契讓這部作品更加發光發熱。這部作品之後兩位演員與之前相較之下，在台灣也獲得了更高的辨識度。

　　這一句話是在連續劇的最後，兩人彼此互相確認了愛意後，在慢慢敞開心房的過程中，在很短的時間內進行心臟手術，安裝了人工心臟，以總是不停地確認自己的心跳數的情況來比喻，因為不好意思表達想見面、想親吻這樣的愛意，便繞著圈子來表達的台詞。

♥ 참다 （動）忍耐

A : 요즘은 참으면 도리어 병이 되는 것 같아요.

B : 맞아요. 참는 것도 한두 번이지, 어떻게 매번 저희만 참아요.

A : 어쩔 수 없잖아요. 회사는 철저히 상사는 '갑', 부하 직원은 '을'.

B : 힘 없는 '을'이 살아가기에 점점 힘든 세상이 되는 것 같아요.

A : 最近這樣忍著，似乎反而忍出病來了。

B : 沒錯！忍也不過就忍一兩次而已，哪有每次都是我們在忍的？

A : 那也沒辦法！在公司裡，上司就是「甲方」，部下職員就是「乙方」。

B : 似乎漸漸變成了沒有力量的乙方很難活下去的世界了。

♥ 충전 （名）充電

A : 자기야, 나 요즘 계속 야근해서 충선이 필요한 것 같아.

B : 뭐? 어떤 거? 마사지 해 줄까? 식사 차려 줄까? 말만 해?

A : 아니, 그냥 자기가 자기의 사랑을 담아 나를 꼭 한 번 안아주면 될 것 같아.

B : 그 정도는 천 번도 해 줄 수 있지. 이리 와. 우리 자기 사랑해!

A : 寶貝，我最近老是加班，似乎需要充個電了。

B : 嗯？什麼？要幫你按摩嗎？還是煮好吃的給你吃呢？說吧！

A : 不是啦，只要你用你的愛緊緊的抱我一次就好！

B : 那種事情就算是一千次我也做得到！過來這裡吧！寶貝我愛你。

key
word

◆ 도리어 [副] － 反而
◆ 맞다 [形] － 沒錯
◆ 매번 [副] － 每次
◆ 철저히 [副] － 徹底
◆ 부하 직원 [名] － 下屬
◆ 힘들다 [形] － 辛苦
◆ 야근하다 [動] － 加班
◆ 식사 [名] － 用餐
◆ 꼭 [副] － 緊

◆ 병 [名] － 生病
◆ 한두 [冠] － 一兩
◆ 저희 [代] － 我們
◆ 상사 [名] － 上司
◆ 점점 [副] － 越來越～；漸漸
◆ 세상 [名] － 世界
◆ 마사지 (massage) [名] － 按摩
◆ 차리다 [動] － 準備
◆ 안아주다 [動] － 抱抱

★文法解析

1. 名詞 + (이)나　：表示強調數量

너무 더워서 아이스크림을 두 개나 먹었어요.

因為太熱，我吃了兩球冰淇淋。

이번 동창회에는 백 명이나 넘게 왔어요.

這次同學會來了超過一百多個人。

보너스를 많이 타서 옷을 다섯 벌이나 샀어요.

因為拿了很多獎金，所以我買了五件衣服。

41
한국어를 알아보기

"사랑 받고 싶었다.
하지만 구걸하고 싶지는 않았다."

我渴望被愛，但，不乞求愛。

劇劇名：需要浪漫 2　로맨스가 필요해 2

導演：李正孝、張榮佑

主演：鄭有美、李陣郁、金智石

播放期間：2012.06.20 ～ 20012.08.09

劇情簡介

　　這是一部描繪在談戀愛的男女在心理層面上有顯著差異的連續劇。從 2011 年第一季開始談論都會女性的事業及愛情，2012 年則描寫婚姻大事遲遲沒有下落的三名 33 歲同齡女性她們的事業及愛情，一直到 2014 的第三季不相信愛情的 33 歲的女主角與幻想著純純的愛的 20 多歲男性以及將近 40 歲上司的三角戀情，每一季都持續獲得觀眾的喜愛。其中第二季改編了工作人員及他們周遭朋友的實際經驗製作，不僅真實感高，男主角李陣郁和女主角鄭有美都有超出預期的演出，獲得了最多的人氣關注。

　　這一句話將這部連續劇中女主角的感情觀點和內心想法，以女主角的旁白（narration）方式表現出來。反覆了幾次的交往、分手後，在自尊心上不願讓男人奪去主導權，因此訂下了不得有上床，以及以不得有任何肢體碰觸與私生活的干涉等規則，說出了這句對與本意相違的話，表現出後悔與真心的台詞。

♥ 구걸하다 （動）乞討

A : 나날이 세상 살기가 힘들어지는 것 같아요.

B : 왜요? 무슨 안 좋은 일이 있었어요?

A : 저희 남편이요. 이번에 남편이 아는 선배한테 구걸하다시피해서
취직했거든요.

B : 요즘 세상에 구걸할 인맥이라도 있는 게 어디예요.

A : 在這世上，日子過得似乎一天比一天還辛苦。

B : 怎麼了嗎？發生什麼不好的事嗎？

A : 是我老公。老公這次向認識的前輩拜託後，才找到工作。

B : 現在還有可以拜託的對象就算不錯了。

key word

◆ 나날이 ［副］ — 日益　　◆ 남편 ［名］ — 老公
◆ 취직하다 ［動］ — 就職　　◆ 인맥 ［名］ — 人際關係

"이것은 모두 우리의 소리들이다.
그렇다. 우리의 글자를 만들고 있다. 우리의 소리
를 딴 우리의 글자."

這是我們的語言。是的，我們正創造著我們的文字。
那種取自著我們語言的文字。

劇劇名：樹大根深 뿌리 깊은 나무

導演：張太侑、申景秀

主演：韓石圭、張赫、申世景

播放期間：2011.10.05 ~ 2011.11.22

劇情簡介

　　簡單扼要來說，這是創制韓國的文字「韓文」的王--世宗大王的故事。韓文並不是一國之王單純地為了無知的百姓們所創制的文字，這個文字從誕生直到現在保存下來的過程中，也並不是只有為了無知百姓的一國之君的憐憫之心而已。事實上，史書中也記載著朝鮮時代士大夫們相當反對，但在他們的反對之下世宗夢想的是什麼樣的朝鮮？這部連續劇在實踐這個夢想的過程中，展現了君王的苦惱和我們無法想像世宗的各種面貌，可說是重新詮釋世宗的連續劇。

　　這一句話是被選為朝鮮王朝代表節臣的成三問，他偶然發現了韓文的基本原理－即牙音、舌音、唇音、齒音、喉音。這一個場面公開讓我們看到世宗下令讓成三問秘密進行創制韓文工作的正音廳，也傳達出韓文創制的目的。

例子

♥ 소리 (名) 聲音

A : 세종 대왕이 한글을 창제하기 전까지 한국어의 소리를 어떻게
　　표현했어요?

B : 한글이 창제 되기 전까지는 중국의 한자를 사용했어요.

A : 그럼, 지금 우리가 배우고 있는 한국어에 한자음이 많은 이유가
　　바로 이거네요?

B : 맞아요. 그래서 한자권에 속한 나라의 외국 학생들이 배우
　　기에 좀더 쉬울 거예요.

A : 在世宗大王創制韓文以前，韓國語的發音是如何表達的呢？

B : 在韓文創制之前，都是使用中國的漢字。

A : 那麼這就是現在我們所學的韓語中有這麼多漢字音的原因嗎？

B : 沒錯！所以對來自漢字圈國家的外國學生來說，學習韓文比較
　　容易。

♥ 글자 (名) 文字

A : 아직까지도 글자가 없이 언어만 있는 나라가 있대요.

B : 저도 들었어요. 그래서 이러한 나라들에 한글 보급을 통해 도움을 주
　　려고 한대요.

A : 그게 가능해요?

B : 물론 완벽하게 표현해 낼 수는 없겠지만, 없는 것보다는 좋겠죠.

A : 聽說到現在仍有只有語言沒有文字的國家。

B : 我也聽說了。所以聽說將透過韓文的普及，來幫助那些國家呢。

A : 那有可能嗎？

B : 雖然沒有辦法完美地表現出來，但有總比沒有好。

124

key word

◆ 대왕 [名] – 大王
　창제하다 [動] – 創造
　중국 [名] – 中國
　사용하다 [動] – 使用
　이유 [名] – 理由
　외국 [名] – 外國
◆ 아직 [副] – 還沒
　언어 [名] – 語言
　보급 [名] – 普及
◆ 도움 [名] – 幫助

◆ 한글 [名] – 韓文
◆ 표현하다 [動] – 表現
◆ 한자 [名] – 漢字
◆ 한자음 [名] – 漢字音
◆ 속하다 [動] – 所屬
◆ 학생 [名] – 學生
◆ 글자 [名] – 文字
◆ 나라 [名] – 國家
◆ 통하다 [動] – 通
◆ 완벽하다 [形] – 完美的

★文法解析

1. 動詞 + 의　　：的

이 교재의 주인이 누구예요?
這本教材的主人是誰呢？

런닝맨의 맴버 (member) 중에서 누구의 팬 (fan)
이에요?
你是 Running Man 成員當中誰的粉絲呢？

스카이 (SKY) 대학은 한국의 서울대, 고려대, 연세
대학교를 지칭하는 것이에요.
SKY 大學是指在韓國的首爾大、高麗大、延世大。

◎ 芝英打個岔

韓文 – 表音文字	中文 — 表意文字
按照語音直接以文字符號表現出的文字。有韓文、羅馬文、阿拉伯文等,也可稱為語音文字。	每一個字都和語言的發音無關,可以表達出特定意思的文字,其中以象形文字特別發達的漢字為代表。

43
한국어를 알아보기

"잊어 달라하였느냐? 잊어 주길 바라느냐?

미안하구나. 잊으려 하였으나, 너를 잊지 못하였다."

妳要我忘記妳？妳希望我忘了妳？
對不起，我想忘也忘不掉。

	劇名：擁抱太陽的月亮 해를 품은 달
	導演：金道勳
	主演：金秀賢、韓佳人、丁一宇
	播放期間：2012.01.04 ～ 2012.03.15

劇情簡介

　　這部連續劇描寫朝鮮時代假想的君王和一名巫女的愛情，可以稱作是「宮中羅曼史」。對初戀情人獻上純真的感情，君王為了完整的愛情願意付出生命。這部連續劇是關於那個時代年輕人的純愛故事，雖然悲淒、但也美麗、純真，可以說是一部愛之哀歌的連續劇。另外，這部連續劇是以前面介紹過的連續劇《成均館緋聞》的原著《成均館儒生們的日子》作者所寫的小說《擁抱太陽的月亮》為原型改編而成的。

　　這一句話是身為巫女的女主角（韓佳人）擔心會因為自己的緣故，恐怕有不幸的事情發生在君王男主角（金秀賢）的身上，因此隱藏了真心，要求君王忘了自己身為巫女的愛慕之情和與自己有關的一切記憶。但是這部連續劇成功的原因之一正是君王爆表的魅力，打動了無數女性的內心，他時而高雅、時而直接明瞭的表現，透露出了哀切之情，是一句將感動發揮極致的台詞。

例子

♥ 잊다 (動) 忘記

A : 나는 연인들과 헤어졌어도 그 추억까지는 잊고 싶지 않아.

B : 그건 왜? 좀 이상한 거 아니야?

A : 그 추억이 그 기억이 곧 내 인생의 일부분이기 때문이야.

B : 넌 너무 자기애가 강한 것 같아.

A : 就算和戀人分手了，我也不想將回憶全部忘掉。

B : 為什麼？這樣不是有點奇怪嗎？

A : 因為那些回憶、那些記憶都是我人生的一部分。

B : 你似乎太愛你自己了。

key word

◆ 연인 [名] － 情人 　　　◆ 곧 [副] － 就是

◆ 일부분 [名] － 一部分 　　◆ 자기애 [名] － 自愛

1. 動詞 形容詞 + 느냐/(으)냐 　　:嗎?

내가 방금 네게 무어라 말하였느냐?

我剛剛跟你說什麼呢?

네가 감히 어디에서 거짓말을 하는 것이냐?

你敢在那兒說謊話嗎?

네가 정령 나와 이별하여도 괜찮다고 하였느냐?

你是說真的跟我分手沒關係嗎?

"죽어도 살고 살아도 죽어

몇 백 년 후에도 당신을 사랑하겠습니다."

即便死後再生，再生後又死。任它幾百年後，我依然愛妳。

劇名：屋塔房王世子 옥탑방 왕세자

導演：申允燮

主演：朴有天、韓智敏

播放期間：2012.03.21 ～ 2012.05.24

劇情簡介

「愛情有保存期限嗎？」這個疑問對於這個世代年輕人而言，大概會自然地回答「有」。這部連續劇穿越三百年來到了首爾，是一個說出「花雖然會謝，而我從未忘記你」這樣的男人的愛情故事。另外，對於自論「比起心，頭腦會更先反應」的酷帥戀人而言，這部連續劇也希望讓他們看到即便經歷再久的時間和歲月也決不會改變的愛情。這部連續劇當中的男主角朴有天和女主角韓智敏的默契誘發出超出想像的趣味、愛意，也受到大眾的喜愛，更讓他們獲得了最佳情侶演技的評價。

這句話引用了佛教當中「活的是死的，死得是活的」這樣的語句。一口氣跨越三百年經歷時光旅行而來到現代社會的王世子，面臨不得不再回到三百年前的處境，因此必須分離。這時候「雖然不能陪伴在彼此的身邊，但我只愛你一人」這樣百分之百的純情告白，讓女性觀眾們的心也跟著哭泣了起來。

1. 動詞 + (으)ㄴ 후에 ：之後

외근이 끝난 후에 3시까지 회사로 돌아오세요.

外勤結束後三點回來公司吧。

우리 부모님께서는 은퇴 후에 고향으로 돌아가신다고 하셨어요.

我的父母親說他們退休後要回故鄉住。

대학교 졸업 후에 취직을 바로 할 수 있을지 정말 걱정이에요.

我真的很擔心，大學畢業後能不能馬上能夠找到工作？

45
한국어를 알아보기

"나 마흔하나예요. 서이수 씨와 마주 선 지금 이 순간이
내가 앞으로 살아갈 날 중 가장 젊은 날이죠"

我 41 歲了。但是和徐伊秀小姐面對面站著的這個瞬間，
是我以後的人生裡最年輕的一天。

劇名：紳士的品格 신사의 품격

導演：申宇哲

主演：張東健、金荷娜

播放期間：2012.05.26 ～ 2012.08.1

劇情簡介

　　在現在這個社會上未婚很普遍的時代，若說大部分的連續劇都是以
年輕族群為對象的愛情羅曼史的話，那這部連續劇就是描述 40 歲未婚
花樣中年人的愛情羅曼史。特別是這部連續劇是由《秘密花園》的申宇
哲導演與金銀淑作家聯手打造，這部連續劇將即將邁入 40 歲的四位男
主角他們如同少年般的外貌，以及男人們秘密的一面毫無保留地展露出
來，也獲得許多男性觀眾的共鳴。

　　這部連續劇中四名男性角色之一的金道振（張東健飾）是單身主義
者，性格上則表現出說話很理性，不但毒舌還很挑剔，是個非常神經質
的男人。這樣的男人在過了 40 歲後，才向女主角告白，向她表明生理
上雖然有可能已經有點晚了，但如果重點放在現在和往後的日子的話，
卻還不算太晚。這也讓人感受到愛意，陷入了愛情，比起已經過去的過
往，一起走下去的未來才更加重要。

♥ 젊다 （形） 青春；年輕

A : '젊다'의 기준은 뭘까요?

B : 당연히 연령대로 나뉘지 않겠어요. 젊음은 곧 청춘, 청
춘은 곧 20대부터 30대?

A : 제 생각은 좀 달라요. 젊다는 것은 밝게 사는 마음가짐
에 달려 있는 것 같아요.

B : 듣고 보니 그것도 맞는 말인 것 같네요.

A :「年輕」的基準是什麼呢？

B : 當然是以年齡來區分呀。年輕就是青春，青春就是 20
歲到 30 歲吧？

A : 跟我想的不一樣。年輕應該是靠心態來區分的。

B : 聽起來好像有道理耶！

key word

◆ 기준 [名] － 基準　　　◆ 당연하다 [形] － 當然

◆ 연령 [名] － 年齡　　　◆ 나뉘다 [動] － 被分開

◆ 젊음 [名] － 青春　　　◆ 마음가짐 [名] － 心態

◆ 그것 [代] － 那個　　　◆ 맞다 [形] － 沒錯

★文法解析

1. 名詞＋을/를 위해서 　：為了～

누구를 위하여 종을 울리나.

為誰而敲響鐘聲。

나는 바로 나 자신을 위해서 끊임없이 노력하는 것이다.

我是為了我自己而不斷努力。

저를 위해서 이렇게 생일 파티를 준비하다니, 정말 감동이
에요.

你為了我準備這樣的生日派對，真讓我感動。

"당신이 좋은 이유,
그저 그 사람이라서 바로 너라서."

喜歡你的理由，
就只是那個人是妳。

劇名：請回答 1997 응답하라 1997

導演：申原昊

主演：鄭恩地、徐仁國

播放期間：2012.07.24 ～ 2012.09.18

劇情簡介

　　自 2012 年《請回答 1997》開始，2013 年的《請回答 1994》、2015 年的《請回答 1988》系列每次播出都因過去的生活、文化、潮流、政治、經濟等，引起了廣大的懷舊風潮，這並非是 KBS、MBC、SBS 的全國電視台，以有線電視台來說，這部連續劇在收視率上獲得了極大的成功。針對這個時期，這股復古的熱潮充滿了混亂及貧乏現狀。這個系列能夠如此成功的原因之一，筆者認為是播出當時，韓國的政治、經濟、文化等方面的鬱悶感無法與現實調合，因此以過去的回憶作為慰藉，無怪乎獲得了 10~40、50 歲的廣大年齡層的喜愛。

　　這一句話是脫離 10 幾歲的青少年邁入 20 幾歲的男主角和女主角面對面相視時，男主角向女主角告白了。但是女主角不得不問，都過了這麼久以後才告白的真正理由、喜歡女主角的理由到底是什麼。男主角這麼回答了，並不是列出了幾個理由，而是因為「是妳」。比起 100 個理由，女人無法不為真心認同「自己」的男人而傾倒啊。

♥ 이 유 （名）理由

A : 제가 좋은 이유가 뭐예요?

B : 그걸 꼭 말로 해야 하나요?

A : 말로 하지 않으면 어떻게 알아요?

B : 느낌이죠. 느낌. 운명과도 같은 느낌. 순간의 느낌.

A：喜歡我的理由是什麼？

B：一定要說出來嗎？

A：如果不說出來的話，我怎麼知道呢？

B：就是感覺！感覺！命中注定的感覺！一瞬間的感覺。

♥ 바 로 （副）就是～

A : 바로 그 느낌이 뭔데요?

B : 느낌을 어떻게 말로 설명할 수 있어요?

A : 설명을 못할 건 또 뭐예요?

B : 참, 이렇게 같이 있고, 보고 싶고, 안고 싶은 그 마음이 느낌이고
　　사랑이죠.

A：那種感覺是什麼呢？

B：感覺要怎麼用言語來說明呢？

A：有什麼是無法說明的嗎？

B：真是的！就是想這樣待在一起、想見面、想擁抱的心情。

◆ 느낌 [名] ─ 感覺　　◆ 운명 [名] ─ 命運

◆ 순간 [名] ─ 瞬間　　◆ 안다 [動] ─ 抱

"난 알아봤어. 이름만 듣고도 알아봤어. 10년이나 지났는데."

我認出來了！光聽名字我就認出來了。
雖然都過了10年了。

- 劇名：聽見你的聲音　너의 목소리가 들려
- 導演：趙秀沅
- 主演：李寶英、李鍾碩、尹相鉉
- 播放期間：2013.06.05 ～ 2013.08.01

劇情簡介

　　如果說《羅曼史》是女大男小、師生之間的愛情代表，那麼這部連續劇現在更是姐弟戀情成功的代名詞。世故的國選辯護人女主角及能解讀人心的神秘少年男主角，以非現實而設定的羅曼史。因為不太信任國選辯護人委託人的關係，勝訴率不高的女主角說了「真相不會在裁判當中勝利，而是在裁判當中勝利的才是真相」，當她漸漸產生懷疑時，因為這個少年的出現，她的愛情也好、對於法律事實以及社會正義的理念，都找回了原本的位置。因為這部連續劇，女主角李寶英獲得了 2013年「SBS 演技大獎」，而這部連續劇也讓男主角李鍾碩成為了華人圈新生代韓流明星。

　　這一句話出現在這部戲結尾，即使年齡相差甚多，但最終女主角還是得到了男主角的愛情。這時候女主角想起了過去的事情，一一地詢問男主角是怎麼知道所有的事情。男主角回答記憶中的少女就算變成現實中的女人，但只要光聽名字就可以認出了，正是所謂「命運的羈絆」。

♥ 알아보다 (動) 看懂

A : 저 뭐 달라진 거 없어요?

B : 달라진 거요? 모르겠는데요.

A : 저한테 너무 관심이 없으신 거 아니에요? 헤어스타일
(hairstyle) 이 바뀌었잖아요.

B : 못 알아봐서 미안해요. 남자들이 좀 둔해요.

A：我有沒有什麼不一樣的地方？

B：不一樣的地方嗎？我不知道。

A：你會不會太不關心我了？我換髮型了。

B：真對不起沒看出來！男生本來就比較遲鈍嘛！

◆ 달라지다 [動] － 變化

◆ 헤어스타일 [名] － 髮型

◆ 바뀌다 [動] － 被改變

◆ 둔하다 [形] － 遲鈍

"넌 절대로 나 없이 살 만하면 안 돼.
내가 없으면 넌 죽을 것 같아야 돼."

你不可以沒有我也可以過得很好。
沒有我，你必須活不下去才行！

- -

劇名：主君的太陽 주군의 태양

導演：陳赫

主演：蘇志燮、孔孝真

播放期間：2013.08.07 ～ 2013.10.03

劇情簡介

　　這部連續劇描述的主角是一位吝嗇又貪心、唯我獨尊的男社長，和一位陰沉又愛哭，但擁有比平常人更強通靈能力的女員工。通靈能力相當強大的女主角太陽雖然害怕，但為了安慰背後有傷心故事的靈魂們，所以需要男主角主君。在這過程中發生了浪漫、恐怖、喜劇三合一的劇情類型，是觀眾至今從未看過的新奇結構。這部連續劇播出後，男主角蘇志燮也曾為了台灣的粉絲後援會而訪台。

　　這句話是聽到了女主角太陽說出就算沒有男主角主君也可以活下去的話後，忍不住表現出了內心的焦急。太陽了解到自己只要待在主君的身邊，對主君一點好處也沒有的事實後，即便深愛著但也要努力說自己可以安然過得很好。不過，主君並不是看不出來這是謊話。所以這一幕要她不要說謊，要勇於說出自己的真心。

1. 動詞 + (으)ㄹ 만하다   : 值得~; 還是可以~

최근에 볼 만한 영화가 뭐예요?

最近有什麼值得一看的電影？

그 정도의 가격이라면 살 만한 것 같아요.

我能接受那樣的價格。

한국에서 제주도는 꼭 갈 만한 곳이에요.

韓國濟州島是值得一去的地方。

49
한국어를 알아보기

"나 너 좋아하냐? 혹시 나 보고 싶었냐?"

我喜歡妳嗎？難道妳想我了嗎？

劇名：繼承者們 상속자들

導演：姜信孝

主演：李敏鎬、朴信惠、金宇彬

播放期間：2013.10.09 ～ 2013.12.12

劇情簡介

　　這個社會上有財閥繼承者階級、股票繼承者階級、名譽繼承者階級以及不屬於任何一個階級的社會關懷者階級。這個故事隨著貴族私立高中一位最底層階級的女主角，名叫恩尚的學生轉學進來後開始展開。21世紀的韓國並非階級制度國家，但是因為資本主義弊端之一就是嚴重貧富差距，和世襲、價值觀習慣等錯誤的結果，暗中將社會分成強者與弱者，或是分為權力擁有者與非擁有者。這部連續劇如此反映著這個社會現象，但在這當中，幸福和愛情並不是屬於強者的東西，重點在於對待它們的人的態度。因此，雖然從某方面來看，這部連續劇可以看做是青少年愛情連續劇，但是筆者認為這部連續劇是今日韓國歪風的縮影，不應令人輕忽。另外，因為這部連續劇，李敏鎬和朴信惠更晉升到了巨星的行列。

　　這一句話是連續劇前半段男主角金嘆（李敏鎬飾）對女主角車恩尚（朴信惠飾）所說的台詞。向別人詢問自己的想法和心思這種有點荒唐的說話方式在這部連續劇當中不斷出現，但在當時就像是流行語一樣被廣泛使用著，在模仿節目中金嘆的說話方式也經常看得到。

♥ 혹시 （副）或許

A : 혹시 퇴근 후에 시간 괜찮으시면 저랑 맥주 한 잔 하실래요?

B : 날씨도 더운데 좋죠.

A : 그럼 회사 앞에 있는 치킨 집에 제가 먼저 가 있을게요.

B : 네, 저도 오늘은 특별한 잡무가 없어서 정시 퇴근하는 대로 갈게요.

A : 如果下班以後有空的話，要不要和我喝杯啤酒？

B : 天氣也挺熱的，好呀！

A : 那麼我就先過去公司前面的炸雞店。

B : 好！我今天也沒有什麼特別的工作，我會準時下班過去的。

key word

◆ 맥주 [名] — 啤酒
◆ 덥다 [形] — 熱
◆ 특별하다 [形] — 特別的
◆ 정시 [副] — 準時

◆ 날씨 [名] — 天氣
◆ 치킨 [名] — 炸雞
◆ 잡무 [名] — 雜務
◆ 퇴근하다 [動] — 下班

143

◎ 芝英打個岔

● 含著金湯匙出生（湯匙階級論）

這句話用來形容一個人出生下來就繼承了父母的財富。有錢人家子女含著金湯匙出生；以及雖然並不是金湯匙但還是有繼承遺產中產階級的銀湯匙；另外還有平凡的銅湯匙；如果連維持生計都有困難的話則稱做泥湯匙。這樣形容詞出現的原因並不是單純就物質上做比較，而是在嘲諷即使社會各處都公平地提供機會、待遇以及公平競爭，但仍舊會不公平地形成了非常現實的一面。

금수저 ：（金湯匙，上位 1%）財產 20 億以上或著是家庭年收入 2 億以上。

은수저 ：（銀湯匙，上位 3%）財產 10 億以上或著是家庭年收入 8000 萬以上。

동수저 ：（銅湯匙，上位 7.5 %）財產 5500 萬以上或著是家庭年收入 5500
萬以上。

흙수저 ：（泥湯匙）財產不滿 5000 萬或著是家庭年收入 2000 萬以上。

50
한국어를 알아보기

"황제의 권위는 귀족이 아니라, 민심에서 나오는 것입니다."

皇帝的權位並不是來自貴族，而是來自民心。

劇名：奇皇后 기황후

導演：韓熙、李成俊

主演：河智苑、朱鎮模、池昌旭

播放期間：2013.10.28 ～ 2014.04.29

劇情簡介

　　這部連續劇是韓劇當中比較少見的女性的故事。女性及身分差別相當嚴重的 16 世紀朝鮮時代。一些女性不願將這種差別視為理所當然，她們不停地舉起反旗，衝撞這個世界，儘管受傷仍艱辛地活下去。這部連續劇以培育出黃真伊的教坊為中心，在這個空間裡，妓女們不只是單純做為妓女生活而已，透過詩詞、音樂，以及舞蹈等多方面的藝術薰陶，才能讓她們展開笑顏。另外，使這部連續劇更加精彩的地方還有服裝，不單只是一般日常的韓服，還有美不勝收的華麗妓女韓服，唯有透過妓女這樣的場景才能看到。而且女主角河智苑也靠著這部連續劇在「KBS 演技大賞」中獲得了大獎的殊榮。

　　這一句話是元皇帝妥懽（池昌旭）打算重新編制朝臣的時候，明明知道高官權貴許多腐敗以及貪污腐化的現象，但卻因為政治利益及政治意見，無法輕易地將他們驅逐。此時高麗出身的元皇后（河智苑飾）對皇帝說出了這句台詞，勸說應該斷然將這些腐敗的高官權貴們逐出，考慮百姓的民心和安危，這才能樹立起元皇帝的權威。這也呼應了自古就有「懂得觀察百姓和民心的皇帝才是真皇帝」的道理。

♥ 권위 (名) 權威

A : 요즘은 선생님들의 권위가 많이 떨어진 것 같아요?

B : 맞아요. 이런 저런 평가들과 입시 위주의 교육 등 많은 이유가 있는 것 같아요.

A : 정말 저희가 학창 시절이었을 때와 많이 다른 것 같아요.

B : 그러게요. 그때는 선생님의 말씀이 곧 법일 정도로 위엄이 있으셨는데.

A : 最近老師們的權威似乎下降了許多？

B : 沒錯！好像跟各式各樣的評鑑制度和考試導向的教育制度等多種理由有關呢。

A : 真的跟我們的學生時期有相當大的差距！

B : 就是說呀！那時候老師們說的話就如同法律一般，非常有威嚴呢！

♥ 귀족 (名) 貴族

A : 중세 시대와 조선 시대에만 귀족이 있는 게 아니더라고요.

B : 갑자기 웬 귀족 타령이에요?

A : 돈 많은 친구와 대기업에 다니는 친구 앞에서 제가 자꾸 작아지는 것 같아서요.

B : 작아지는 그 느낌 저도 알 것 같아요. 가히 좋지만은 않죠.

A : 不是只有中世紀時期和朝鮮時代才有貴族呢！

B : 怎麼突然提起貴族？

A : 在有錢的朋友和在大公司上班的朋友們面前，我好像變得越來越渺小。

B : 我懂那種覺得變得渺小的感覺。可想而知感覺並不是很好呢！

- ◆ 선생님 [名] － 老師
- ◆ 떨어지다 [動] － 掉下
- ◆ 입시 [名] － 入學考試
- ◆ 교육 [名] － 教育
- ◆ 시절 [名] － 時期
- ◆ 위엄 [名] － 威嚴
- ◆ 조선 시대 [名] － 朝鮮時代
- ◆ 웬 [冠] － 怎麼
- ◆ 대기업 [名] － 大企業
- ◆ 작아지다 [動] － 變小

- ◆ 권위 [名] － 權威
- ◆ 평가 [動] － 評價
- ◆ 위주 [名] － 為主
- ◆ 학창 [名] － 學生時代
- ◆ 법 [名] － 法律
- ◆ 중세 시대 [名] － 中世時代
- ◆ 갑자기 [副] － 突然
- ◆ 타령이다 [動] － 嘮叨
- ◆ 자꾸 [副] － 總是
- ◆ 가히 [副] － 可以，可想而知

"시각장애인이 만지는 건 모두 무죄."

視障人士的觸摸全是無罪的。

劇名：那年冬天風在吹 그 겨울, 바람이 분다

導演：金圭泰

主演：趙寅成、宋慧喬

播放期間：2013.02.13 ～ 2013.04.03

劇情簡介

　　這部連續劇中人人遍體鱗傷。男主角自幼被父母遺棄，長大後又慘遭初戀女友變心，女主角則在父母離婚以及與母親和唯一的哥哥分別後，因為視覺障礙的關係而無法擁有符合她年齡的生活，也無法實現自己的夢想。然而即使屢遭挫敗、失去，他們反而更能從中理解彼此的痛苦和傷痛，尋找真愛的意義。這部連續劇展現的冬天美景呈現出影像美學的極致。宋慧喬也卓越地揣摩飾演視覺障礙者，讓自己的戲路更加寬廣。

　　這一句話是正在共度甜蜜時光的女主角對男主角要求，說她想摸摸他。男主角則回以開玩笑的口吻說：「隨便摸男人的身體不太好噢！」但是女主角卻以這句話來闡述，本該用不同的行為標準，來看待視覺障礙者和擁有正常視力的一般人。

♥ 시각장애인 (名) 視覺障礙者

A : 대만 지하철은 장애인들에 대한 배려가 잘 돼 있는 것 같아요.

B : 예를 들어서요?

A : 시각장애인이 역무원에게 요청 시 탑승부터 목적지까지 안내를 도 와주기도 하잖아요.

B : 그러게요. 저도 종종 본 적이 있는 것 같아요.

A : 台灣的捷運對視障人士的照顧似乎非常完善。

B : 比如？

A : 若有視障人士向站務員提出要求，從搭乘的那一刻起直到目的地，不是都會有人幫忙指引嗎？

B : 說的也是！我好像也曾經看過幾次。

key word

- ◆ 대만 [名] － 台灣
- ◆ 대하다 [動] － 對
- ◆ 예 [名] － 例如
- ◆ 탑승 [名] － 搭乘
- ◆ 안내 [名] － 詢問
- ◆ 장애인 [名] － 殘障人士
- ◆ 배려 [名] － 關照
- ◆ 요청 [名] － 要求
- ◆ 목적지 [名] － 目的地
- ◆ 종종 [副] － 偶爾

◎ 芝英打個岔

● （盧熙京作家）

노희경　작가 盧熙京在電視台裡經常被稱為「語言的鍊金術師」或是「我們這個時代的人道主義者」，令人感受到她為了讓每一句台詞都能讓觀眾們有所感觸而花費了相當多的心血。2016 年，出道 20 週年的她的代表作品有玄彬和宋慧喬主演的《他們的世界》、趙寅成和孔孝貞主演的《沒關係，是愛情呀》等。在韓國許多的成功作品讓盧熙京獲得了稱譽電視圈的口碑。此外，趙寅成和宋慧喬連續演出盧熙京的作品，也引起了高度的話題討論。

"나한테 15초만 줘 봐.
내 별명이 15초의 요정이야."

你給我 15 秒時間，我的外號是 15 秒妖精。

劇名：來自星星的你 별에서 온 그대

導演：張太侑

主演：金秀賢、全智賢

播放期間：2013.12.18 ～ 2014.02.27

劇情簡介

　　四百年前搭乘 UFO 來到朝鮮的外星人可以長生不老、永保青春地生活在今天的韓國首爾？連隔壁住了一位超級大明星都認不出來？這部連續劇正是一部這麼不可思議、超現實的俊帥外星人和閃閃巨星相遇的甜蜜活潑的羅曼史。剛開播，這部連續劇無論是故事的發展、演員們的服裝和飲食等等都掀起了熱列的話題討論，男主角金秀賢和女主角全智賢也因為這部連續劇獲得了前所未有的高人氣。此外，也對韓國的觀光、文化、美妝以及影視娛樂產業產生極大的影響。

　　這一句話在韓國廣告界被稱為「15 秒的藝術」。因為在短短的 15秒之內，必須將商品的一切資訊置入劇中，勾起觀眾們的購買欲望。這句話的背景，是身為巨星的女主角千頌伊（全智賢），被老是把自己當作石頭視若無睹的男主角都敏俊（金秀賢）傷了自尊心後，為了展現自己無窮的魅力，要求給自己一點時間而說出的台詞。這句台詞在播出後被爭相模仿。

♥ 별명 (名) 外號

A : 어렸을 때 별명이 뭐였어요?

B : 저는 어렸을 때부터 키가 작아서 '꼬마'였어요.

A : 어? '런닝맨'의 멤버 하하와 별명이 같네요.

B : 네. 원래 '꼬마'는 어린 아이를 뜻하는데,
　　친한 친구들 사이에서 키가 작은 아이를 부를 때 많이
　　사용 되기도 해요.

A : 妳小時候的外號是什麼？

B : 我從小就很矮，所以被叫做「小鬼」。

A : 咦？跟 "Running Man" 裡哈哈的外號一樣呢！

B : 對呀！本來「小鬼」是指年紀小的孩子，但是在好朋友
　　之間也會用來稱呼個子小的人。

key word

◆ 어리다 [形] ─ 年幼　　　◆ 키 [名] ─ 身高

◆ 작다 [形] ─ 小　　　　　◆ 꼬마 [名] ─ 小孩子

◆ 멤버(member) [名] ─ 成員　◆ 원래 [名] ─ 本來

◆ 아이 [名] ─ 孩子　　　　◆ 친하다 [形] ─ 親密

◆ 사이 [名] ─ 之間　　　　◆ 부르다 [動] ─ 叫

◆ 많이 [副] ─ 多　　　　　◆ 사용되다 [動] ─ 使用

"백성이 가장 귀하고 사직(社稷)이 다음,
군주는 가장 가벼운 것이라 했습니다."

民為貴，社稷次之，君為輕。

■ 劇名：鄭道傳 정도전

■ 導演：薑秉澤

■ 主演：趙在鉉、柳東根

■ 播放期間：2014.01.04 ～ 2014.6.29

劇情簡介

　　這部連續劇的時代背景，是高麗王朝的末期到朝鮮王朝初期。主角鄭道傳在高麗王朝末期，對內平定了腐敗的權貴世家和佛教體系，外則解決了入侵勢力，是以民本主義思想為基礎建立朝鮮的開國功臣。鄭道傳在激烈的政治鬥爭中，展現的謀略和手段令人瞠目結舌。雖然此劇在海外並未獲得高收視率，但是在播出當時，因為與韓國國內當時的政治情況太雷同，就算稱當年為「鄭道傳之年」也不為過，是一部無論在政治界、文化界，甚至在一般民眾的日常生活中，影響極大、反應也相當熱烈的連續劇。

　　這一句話可看出，生於高麗末期歷經了渾沌混亂，信念及現實的乖離讓鄭道傳苦惱萬分，克服種種困難後，下定決心開創朝鮮開國的新世界。鄭道傳在這部劇中，始終如一地表明了這句以「民本主義」為基本主張的信念。即《孟子·盡心下》所說的：「民為貴，社稷次之，君為輕」的信念。

例子

♥ 귀하다 (形) 尊貴

A : 나한테 가장 귀한 건 바로 좋은 사람들과의 추억인 것 같아.

B : 가장 귀한 건데요? 겨우 추억?

A : 물질은 있다가도 없고 없다가도 있지만, 추억은 물질과 비교할 수 없잖아요.

B : 물질 만능주의 세대에 그렇게도 말할 수 있다는 건 아직까지는 마음의 여유가 있다는 것이겠죠.

A : 對我來說，最貴重的就是與喜歡的人們共同的回憶了。

B : 最貴重的東西？就只是回憶嗎？

A : 物質是時有時無的，是無法和回憶相比的。

B : 在這個物質萬能主義的時代還能說出這樣的話，那看來到目前為止你的心還是富足的。

key word

◆ 추억 [名] － 回憶　　　　　◆ 겨우 [副] － 勉強

◆ 물질 [名] － 物質　　　　　◆ 비교하다 [動] － 比較

◆ 물질 만능주의 [名] － 物質主義　◆ 세대 [名] － 世代

◆ 아직 [副] － 還　　　　　　◆ 여유 [名] － 從容, 寬裕

154

"사랑은 상대를 위해 뭔가를 포기하는 게 아니라
뭔가 해내는 거야.
나 때문에 네 인생의 중요한 계획 포기하지 마."

**愛情並不是為了對方去放棄些什麼，而是做出了些什麼。
不要因為我而放棄了妳人生重要的計畫。**

劇名：沒關係，是愛情啊 괜찮아, 사랑이야

導演：金奎泰

主演：趙寅成、孔孝貞

播放期間：2014.07.23 ～ 2014.09.11

劇情簡介

　　這部連續劇描述的是，我們看似毫不經意深藏心底的言語心事，實則常肇因於自己都看不清的心病心傷──「原來不只是我很痛苦，你也這麼痛苦啊！原來不只我感到寂寞，你也非常寂寞啊！原來，人都是這麼孤獨的啊！」等等。身為推理小說作家的男主角（趙寅成）和從事精神科醫師的女主角（孔孝貞）相遇後，展開了一段曲折離奇的羅曼史，是一部恰如心靈點滴的溫暖療癒連續劇。播出完結後，孔孝貞也為了舉辦粉絲簽名會而訪台。

　　劇中女主角為了守護在男友身邊，而不願走上母親期望的道路。然而知道了這件事的男主角，不希望女主角為了自己放棄這個大好機會，說出上述的這一句台詞，向女主角提出分手。雖然這句話有時成為過度美化為了實現自己的新計畫而與愛人分離的藉口，然而完整的真愛是要自己更愛自己，珍惜自己，讓對方看到自己的成長。

♥ 포기하다 (動) 放棄

A : 대학원 공부가 힘들어서 포기하고 싶을 때마다 저는 제 초심
    을 되 요.

B : 초심이 뭐였는데요?

A : 평탄한 삶보다는 배움의 삶을 추구하는 거요.

B : 인생 자체가 평생을 배워야 된다고 하잖아요. 분명 잘 해낼
    수 있을 거예요.

A : 每當研究所的學習太辛苦而有放棄的念頭的時候，我就會重新
    回想我的初衷。

B : 你的初衷是什麼？

A : 與平坦的人生相比，要追求學習的人生。

B : 人生不是本來就要活到老學到老嘛！你一定可以做到的！

♥ 계획 (動) 計畫

A : 신년 계획 세웠어요?

B : 세우기는 했는데 매년 작심삼일이어서요.

A : 작심삼일이 어디예요. 아예 아무것도 세우지 않는 것보다 낫죠.

B : 그렇게 봐 주면 고맙죠.

A : 你立下了新年計畫了嗎？

B : 雖然立了，但每年都是兩天打魚、三天曬網的。

A : 兩天打魚、三天曬網那又如何！總比什麼也沒立下的好。

B : 你能這麼替我想真是謝了！

key word

◆ 대학원 [名] ― 研究所

◆ 초심 [名] ― 初心

◆ 삶 [名] ― 人生

◆ 자체 [名] ― 本身

◆ 신년 [名] ― 新年

◆ 작심삼일 [名] ― 無恆心

◆ 힘들다 [形] ― 累

◆ 평탄하다 [形] ― 平坦

◆ 추구하다 [動] ― 追求

◆ 평생 [名] ― 一輩子

◆ 세우다 [動] ― 擬定

◆ 낫다 [形] ― 好

"선택의 순간들을 모아두면
그게 바로 '삶'이고 '인생'이 되는 거예요."

收集每一個選擇的瞬間，那便是「生活」，這就是「人生」。

劇名：未生 미생

導演：金元錫

主演：李聖旻、任時完、姜素拉

播放期間：2014.10.17 ～ 2014.12.20

劇情簡介

　　《1未生》改編自同名的網路漫畫。這部連續劇在網路上引起熱烈的討論，是一個成功將網路漫畫改編的案例。這部連續劇與以往的連續劇相比，有兩個不同的特點：第一，沒有常見的男女主角愛情主線；第二，大多數的演員不是默默無名、就是新人。即便如此，這部連續劇播出時，在韓國掀起了一波「未生熱潮」。這是因為劇中描繪的韓國大企業結構及職場內的生存過程能讓觀眾產生共鳴，以及最具話題性的實習生（intern）和相關的各種議題都被辛辣地刻劃出來。

　　這一句話出自於總是像在開玩笑的與男主角同期入社的韓錫律（卞耀漢）。他為了減輕鬱悶而走上屋頂，突然問一無所有的張克萊「什麼是人生？」，張克萊一時答不出來，想了想便誠摯地說出了上述的台詞。的確，每一個瞬間做出了什麼樣的選擇，這正會左右一個人的人生品質。

♥ 모아두다 (動) 積存

A : 학자금 대출 때문에 하루에 아르바이트를 세 곳에서 해
　　야 돼요.

B : 저도 마찬가지예요. 방학이 다가와도 조금도 신나지가
　　않네요.

A : 하지만, 이 시간도 곧 지나가겠죠.

B : 그러겠죠. 우리들의 아르바이트 경험을 모아두면 훗날
　　인생에 도움이 될 거예요.

A：因為學貸的關係，我一天要在三個地方打工才行。

B：我也差不多呀！就算快要放假了，但卻一點也不覺得開心。

A：但是，這樣的時間馬上就要過去了。

B：應該是吧！我們只要累積打工的經驗，以後會對人生有
　　所幫助的。

◆ 학자금 [名] －學費　　　　◆ 대출 [名] － 貸款

◆ 하루 [名] － 一天　　　　　◆ 아르바이트 [名] － 打工

◆ 곳 [名] － 地方　　　　　　◆ 마찬가지 [名] － 一樣

◆ 다가오다 [動] － 臨近　　　◆ 신나다 [動] － 開心

◆ 하지만 [副] － 但　　　　　◆ 지나가다 [動] － 過去

"너 괜찮은 여자야~,

너도 사랑 받을 자격이 충분히 있어."

妳是個很好的女人～，妳也有充分被愛的資格！

劇名：一起用餐吧 2 식샤를 합시다2

導演：朴俊和、崔奎植

主演：尹斗俊、徐賢真、權律

播放期間：2015.04.06 ～ 2015.06.02

劇情簡介

2014 年播出《一起用餐吧 1》，2015 年接續播出了《一起用餐吧 2》，第二季的收視率持續攀升，比第一季更超人氣。這齣劇不只單純地介紹韓國飲食，而是將韓國現在社會的人口結構實況與「用餐」這個主題完美地結合刻劃出來。特別是韓國全國四個家庭中就有一個家庭是一人家庭和三拋世代的未婚男性、想結婚的未婚女性、生活白癡、自發性選擇一人家庭的老奶奶等的多種角色互相調和組成，描述 21 世紀今天的用餐文化變化以及用餐的重要性。尤其是讓偶像團體「BEAST」的一員尹斗俊的演技發光發熱的一部連續劇。

這句話是女主角感到自己和男友相比有種種的不足，喪失自信心而哭泣時，男主角邊用餐邊激勵女主角而說出的台詞。在聽了男主角這句誠摯地台詞後，螢幕前的女性觀眾能有同理心地感受到了女主角的感動，也留下了溫馨平靜的餘韻。

例子

♥ 자격 (名) 資格

A：저는 정말 사랑 받을 자격이 없나 봐요.

B：왜 그렇게 생각하세요. 이렇게나 매력이 철철 넘치시 는 분께서.

A：마음에도 없는 말씀 하지 마세요. 조금도 위로 안 되니까요.

B：연애는 사귀었던 경험의 숫자보다 진실함이 중요한 거예요.

A：我好像真的沒有獲得愛情的資格。

B：怎麼會那麼想呢？這麼有魅力的一個人。

A：請不要說出那種言不由衷的話，一點也安慰不了人。

B：比起戀愛交往經驗的數字，真誠是更是重要的。

key
word

◆ 매력 [名] — 魅力　　◆ 철철 [副] — 含情「脈脈」

◆ 위로 [名] — 安慰　　◆ 숫자 [名] — 數字

◎ 芝英打個岔

● 신조어 - 삼포세대 (新造語-三拋世代)

　　這個新造語是指拋棄了戀愛、結婚、生子等傳統家庭組成所必備三點的世代。2011 年韓國報紙之一的《京鄉新聞》的企劃系列＜講述福祉國家＞特別取材初次創造使用。時 2010 年以後與青年失業率增加同時，不斷的助學貸款、急速攀升的房價等過高的生活費用，與放棄或是延遲戀愛、結婚和生子的 20~30 歲年輕人的增加現象有所關聯。

◎ 오포세대（五拋世代）＝三拋時代＋放棄人際關係及對自家迷戀的世代

◎ 칠포세대（七拋世代）＝五拋世代＋放棄夢想和希望的世代

◎ N포세대（Natural number 拋世代）＝放棄了無法計算的許多事情的世代

N拋世代：夢想、戀愛、結婚、生子、住宅、人際關係、就業、……（以順時鐘方向排序）

57
한국어를 알아보기

"기억해. 2015년 1월 7일 10시 정각,

내가 너한테 반한 시간."

記住了！2015 年 1 月 7 日晚上10 點整！是我愛上妳的時間。

劇名：變身情人 킬미 힐미
導演：金鎭滿
主演：池城、黃靜音
播放期間：2015.01.07 ～ 2015.03.12

劇情簡介

這是一個關於男主角除了自己原本的人格之外，還具有其他六種人格的多重人格故事，而身為主治醫師的女主角總是不離不棄地守護著他。這部連續劇想要傳達的是，能夠安撫受傷心靈的，只有親友們真摯的愛與陪伴，而治癒心理創傷最好的疫苗，就是戀人之間的愛情。在治療的過程中描繪出男主角的快樂以及呈現一幕幕地感動，在當年的「MBC 演技大賞」中分別獲得了演技大獎和女子最佳演技獎。

這句話是在第一集中男主角對女主角深情說出的台詞，如同劇中的場景，男主角生平第一次遭遇像女主角如此隨意對待自己的人，但男主角非但沒有反感還感受到了愛情，而對女主角告白。從第一集就出現的這句著名台詞，後來幾集也一直反覆出現，這句台詞也成了第一集的副標題──「記住了！我愛上妳的時間。」通常這樣的台詞如果在現實生活中被拿來告白，可能只會換得一句：「肉麻！」，不會有什麼好下場。然而被俊帥又男子氣概的男主角說出口，卻獲得了女性觀眾一面倒的支持。

♥ 반하다 （動） 迷戀

A : 과장님, 5월에 결혼하신다면서요? 정말 축하 드려요.

B : 남들 다하는 결혼인데 뭐. 고마워요.

A : 신부님의 어떤 매력에 반하셔서 결혼까지 결심하셨
　　어요?

B : 저한테는 부족한 당당하고 자신감이 넘치는 매력에
　　반한 것 같은데요.

A : 課長，聽說您五月要結婚了？真的很恭喜您！

B : 大家都會做結婚的事嘛！謝謝！

A : 您是迷戀上新娘哪一方面的魅力，而決定結婚的呢？

B : 我應該是迷戀上她那種我所缺乏的非常理直氣壯，充
　　滿自信的魅力吧！

◆ 남 [名] － 別人　　　◆ 신부 [名] － 新娘

◆ 결심 [名] － 決心　　◆ 부족하다 [形] － 不足

◆ 당당하다 [形] － 理直氣壯 ◆ 자신감 [名] － 自信感

58
한국어를 알아보기

"좋은 거랑 더 좋은 게 있을 때,
더 좋은 걸 택하고 그냥 좋은 걸 포기하는 거.
다 가질 순 없으니까. 욕심을 냈다가는 다 잃어버릴 수도 있어요."

當有一個好的跟一個更好的出現的時候，
我們往往選擇更好的，而放棄好的那個。

因為魚與熊掌不能兼得。貪欲會讓人失去一切的。

劇名：製作人 프로듀사

導演：表民秀、徐秀旻、朴哲律、李東勛

主演：金秀賢、孔曉振、車太鉉、IU

播放期間：2015.05.15 ～ 2015.06.20

劇情簡介

　　韓國的汝矣島是以電視台、證券、漢江市民公園，以及櫻花季而享有盛名。這部連續劇講述這裡一年 365 天 24小時從不熄燈的電視台，其中六樓綜藝部門的PD們的故事。曾在韓國熱極一時，被稱為秀才、威風八面的PD這個職業，也在劇中被忠實地描繪出，近日來PD前後輩們就算連日熬夜拍攝，馬拉松式的拚命剪輯後，也只能苦守著收視率又哭又笑的現實悲歡情緒。男女主角的愛情線也是基本配備。而這部連續劇也讓金秀賢獲得了在《來自星星的你》時失之交臂的演技大獎，讓他成為比孔孝貞、IU、車太鉉更加耀眼的一顆巨星。

這句話是在連續劇第五集結尾時，許多 PD 們表達對於剪輯的想法時，男主角之一的羅 PD（車太鉉）的台詞。這句台詞不單只是對於剪輯的想法，更包含了對於愛情或是人生的哲學體會。

例子

♥ 택하다 (動) 選擇

A : 짜장면과 짬뽕 중에 택할 때가 가장 괴로운 것 같아요.

B : 왜요? 짬짜면(짬뽕+짜장면)을 주문하면 되잖아요.

A : 짬짜면을 주문하면 왠지 그 맛이 본래의 맛이 아닌 것 같거든요.

B : 그럼, 우리 사소한 거에 고민하지 말고 다른 거 먹는 게 어때요?

A : 炸醬麵和海鮮辣湯麵中必須二選一最讓我困擾了。

B : 為什麼？只要點海炸麵（海鮮辣湯麵＋炸醬麵）不就可以了嘛！

A : 如果點海炸麵的話，不知道為什麼味道就不是原來的味道了。

B : 那麼，我們不要因為這種小事苦惱，去吃別的如何？

♥ 가지다 (動) 拿

A : 금전욕, 명예욕, 성욕 등등 중에서 어떤 욕구가 가장 강한 것 같아요?

B : 제 생각에 저는 명예욕인 것 같아요.

A : 가장 현실적인 금전욕이 아니고요?

B : 네, 명예욕은 늘 저의 도전정신을 자극하거든요.
　　전 지치거나 멈추고 싶지 않아요.

A : 金錢慾望、名譽慾望、性慾等等中，什麼慾望最強烈呢？

B : 我認為對我來說應該是名譽慾望。

A : 難道不是最實際的金錢慾望嗎？

B : 不是，追求名譽總能刺激我的挑戰精神。我不會感到厭煩或是
　　停下來。

key word

짜장면 [名] ─ 炸醬麵　　◆ 짬뽕 [名] ─ 炒碼麵
괴롭다 [形] ─ 難過　　◆ 주문하다 [動] ─ 點菜, 訂貨
◆ 왠지 [副] ─ 不知為什麼　　◆ 맛 [名] ─ 味道
◇ 본래 [名] ─ 本來　　◆ 사소하다 [形] ─ 些微
금전욕 [名] ─ 金錢慾　　◆ 명예욕 [名] ─ 名譽慾望
◇ 성욕 [名] ─ 性慾　　◆ 욕구 [名] ─ 慾求
강하다 [形] ─ 強　　◆ 도전정신 [名] ─ 挑戰精神
자극하다 [動] ─ 刺激　　◆ 지치다 [動] ─ 疲倦

"단 한 번밖에 걸 수 없는 전화, 그게 바로 너야."

只能打一次電話的話，那就是打給妳。

劇名：龍八夷 용팔이	
導演：吳振碩	
主演：周元、金泰熙	
播放期間：2015.08.05 ～ 2015.10.01	

劇情簡介

　　韓語中，「走江湖」意指漂泊不定，靠販賣技術或是物品而生存的人。這個單字源於沒有實力的醫生，被稱做是「江湖庸醫」。但在「龍八夷」裡的設定則完全相反，被解釋成有能力的醫師四處行醫。這部連續劇描繪男主角逃離悲慘貧困的家庭，成為受人尊敬獲得名利的醫生，並與財團繼承者的女主角相遇，他們一起經歷了一連串腐敗與爭權奪利、陰謀的故事。男主角周元因為這部連續劇獲得了「BS 演技大賞」大獎，女主角金泰熙則獲得了最佳女主角獎。

　　身陷權力暗鬥的恐怖中，茹真毫無任何自由可言，就連使用電話也是如此。茹真只要試著一撥打電話，就會被定位追蹤。這一句話說的是，若茹真不顧危險，還硬要打電話，那也將會是打給男主角泰賢（周元）。這也可以看做是茹真向泰賢表白内心的一句話。

★文法解析

1. 名詞＋밖에 　：只

이번 여행은 서울밖에 안 가요.

我這次旅行只去首爾。

배가 불러서 조금밖에 못 먹었어요.

我肚子很飽，所以只有吃了一點點。

휴가가 길지 않아서 삼일밖에 못 쉬어요.

休假不長，只能休息三天而已。

60
한국어를 알아보기

"다음에 만날 때는
내가 너의 우산이 되어 줄게."

下次再見時，我來成為妳的雨傘。

- -

劇名：她很漂亮 그녀는 예뻤다

導演：鄭大胤

主演：黃正音、朴敍俊

播放期間：2015.09.16 ～ 2015.11.11

劇情簡介

　　在我們有興趣正視這冷酷的現實世界之前，似乎自己便是世界的中心，毫無根據的相信「這樣就足夠了」。但隨著年歲漸增，遭受種種現實的圍困打擊，我們逐漸看清這個真實世界，漸漸疲乏了，喪失了自信，想要放棄了。這部連續劇描述的是曾經的那一刻，與曾經那個就算是現在這副不起眼的模樣，也會承認我的價值，給我勇氣的初戀男子相逢，一起成長，最終獲得愛情的故事。因為這部劇，女主角黃正音在 2015 年被選為眾多女演員中最受矚目的人物，而緊追在李敏鎬和金秀賢之後的新生代韓星朴敍俊也集過去從未獲得的人氣於一身。

　　這一句話出自於小時候曾經被排擠的男主角，身邊沒有任何朋友，但在某個下雨的日子，在班上人緣好、學習也很優秀的女主角脫下了自己的衣服給沒有雨傘就這樣走著的男主角，讓他避雨。隨著時間流逝，到了轉學那天，男主角把一塊畫著雨傘的拼圖交給女主角，並說出了這句台詞。如同這句台詞所言，可以解釋為表白我喜歡妳，也將會守護著妳的意念。

例子

♥ 우산 (名) 雨傘

A : 넌 참 좋겠다. 매번 우산을 들고 다니지 않아도 되니까.

B : 갑자기 무슨 소리야.

A : 나는 갑자기 비가 내리면 물에 빠진 생쥐의 신세인데,

　　넌 네 남편이 있잖아.

B : 난 또 무슨 소리라고. 너도 부러우면 빨리 결혼하라니까.

A : 妳命真好！不用每次都撐著雨傘到處走。

B : 妳突然說這是什麼話。

A : 突然下雨的話，我就會變得跟落湯雞一樣，但是妳

　　有老公啊！

B : 我還以為妳又想說什麼！妳這麼羨慕的話，就快點結婚呀！

 key word

◆ 빠지다 [動] － 落　　　　　◆ 생쥐 [名] － 小老鼠
◆ 물에 빠진 생쥐 [명] － 落湯雞　◆ 신세 [名] － 身世

"고백할까요? 사과할까요?"

要告白呢？還是要道歉呢？

劇名：太陽的後裔　태양의 후예

導演：李應福

主演：宋仲基、宋慧喬

播放期間：2016.02.24 ~ 2016.04.14

劇情簡介

　　這是作家以自 2004 年起至 2008 年被派遣至中東伊拉克的韓國「宰桐部隊」為中心所展開的故事。但因外交的因素，而使用了假想的國家「烏魯克」之名。故事的情節圍繞著這個名叫「烏魯克」既陌生又危險的地方，具有高度忠誠心的軍人以及醫生之間的愛和友情開花結果。實際上，選擇這部連續劇作為從軍隊退伍後的第一部作品，男主角宋仲基引起了一陣「宋仲基警報」、「宋仲基熱潮」、「宋仲基相思病」等，獲得了無法估算的人氣。另外，韓國電視台 KBS 在 4 月 22 號舉行的新聞發表會上宣布將於 2017 年開始製作《太陽的後裔2》。不僅如此，中國的《北京日報》也正在評估是否翻拍、製作中國版本。

　　每到了約會時刻總是無端錯過的兩人——站在被放鴿子的女主角立場上，因為總是無法得知真正的理由而難過並且生氣，男主角則是因為只能在字裡行間試著說服女主角請她諒解而感到鬱悶。在那一瞬間，雖然缺乏自信心，但男主角無論如何都不願意錯失了這個女人，仍然鼓起了勇氣說出了上面這句台詞。雖然是一句相當短的台詞，但立刻能讓大家看出是「金恩淑式台詞」，播出時更讓女性觀眾們的內心無止盡地激動，留下了強烈、深刻的印象。

♥ 지나가다 (動) 過去

A : 365일 뜨겁게 사랑했던 우리도 결국에는 지나가는
인연이구나.

B : 그 때 상황이 어쩔 수 없었잖아.

A : 나는 진심으로 너와 하나이고 싶었어.

B : 그만두자. 이미 돌이킬 수 없는 일이야.

A : 365 天熾熱地相愛過的我們最終也只是擦肩而過的緣份。

B : 當時的情況是萬不得已呀！

A : 我是真心地想和你一人在一起。

B : 到此為止吧！我們已經回不去了。

◆ 뜨겁다 [形]— 燙　　　　◆ 결국 [副]— 最終

◆ 그만두다 [動]— 算了，拉倒　◆ 돌이키다 [動]— 挽回，恢復

1. 動詞 形容詞 + 없지 않다 ： 不……沒有

최근에 보너스를 받아서 돈이 없지 않다.

最近拿到獎金，所以我不是沒有錢。

모두에게 호남형이라서 여자 친구가 없지 않을 것이다.

他是所有人眼中的帥哥，所以不可能沒有女朋友。

5년 간 한국어를 공부해서 포기하고 싶은 마음이 없지 않다.

因為已經學了五年的韓語，所以我沒有想要放棄的想法。

"돌아와 줘.
이제라도 사랑할 수 있게 영원히"

請妳回來吧！我會永遠愛著你，直到永遠。

劇名：星星在我心 별은 내 가슴에

歌名：Forever

主演：安在旭、崔真實、車仁表

播放期間：1997.03.10 ～ 1997.04.29

● 歌手簡介

名字：安在旭　　生日：1971 年 9 月 12 日
身高：176 公分　　血型：A 型　　星座：處女座

　　安在旭於 1994 年入選三大電視台之一的 MBC 電視台第 23 屆演藝訓練班，持續參與連續劇、音樂劇、舞台劇等各項類型表演。1997 年更因《星夢奇緣》這部連續劇一躍成為了閃耀巨星，正是典型的「一夕成名」。並且，他也可被稱為第一代韓流明星；由中華圈領頭，每年都與各國的粉絲們一起盛大舉辦 <AhnJaeWook Forever Summer Camp>，再加上親自演唱這部連續劇的 OST，讓他踏進了全新的領域，兼具歌手的身分進行活動演出。特別的還有，安在旭翻唱了台灣歌手周華健的《朋友》，與台灣也有了相當深的緣分。比起連續劇或是電影來說，他目前多以參與音樂劇公演為主。

● 音樂故事

　　這首 OST 是本劇最終集的壓軸高潮。飾演歌手的安在旭在演唱會中，慢慢地走向他深愛的、身處眾多歌迷之中的女主角，深情演唱了這首歌曲。女主角感受到了男主角的真心，流下了幸福的眼淚，許多觀眾也因見證這一幕真情深受感動，一起感受圓滿的結局。這首 OST 對這部劇產生了畫龍點睛的作用。

♥ 돌아오다 （動）回來

A : 한 번 떠난 사람의 마음이 다시 돌아올 수 있을까?

B : 왜요? 오빠 아직도 헤어진 여자친구 못 잊는구나?

A : 꼭 그런 것 아닌데, 다시 만날 수 있다면 정말 잘해 보고 싶어서.

B : 그러니까 있을 때 잘하지. 남자들은 왜 꼭 헤어지고 나서 후회 할까?

A : 離開過一次的人的心有辦法重新回來嗎？

B : 怎麼了嗎？哥哥你莫非還無法忘記分手的女朋友嗎？

A : 也不是，只是如果能夠重新交往的話，我想要對她很好很好。

B : 所以我說她在的時候就要做好了！男人怎麼總是在分手之後才 後悔呢？

key word

◆ 떠나다 [動] － 離開 　　◆ 잊다 [動] － 忘記
◆ 그러니까 [連] － 所以 　　◆ 후회하다 [動] － 後悔

63
한국어를 알아보기

"저 하늘이~
외면하는 그 순간 내 생애 봄날은 간다"

這世界～放棄我的那瞬間，我的人生春天就已離開。

劇名：鋼琴別戀 피아노

歌名：내 생에 봄날은

主演：高修、金荷娜、趙寅成

播放期間：2001.11.21 ～ 2002.01.10

● 歌手簡介

名字（group）：CAN
成員：悲起成（1972. 3. 13）、李宗願（1970. 3. 20）

　　團體 CAN 是在 1998 年成軍的男子雙人組合。原本是三人組，但在第一張專輯的宣傳活動後，其中一名成員退出，之後便由裴起成及李宗願的雙人組合繼續演藝。即便屢有新作，比起他們個人的音樂，這部連續劇的 OST 直到現在依然是這個團體的代表作，可見這部連續劇播出當時，這首 OST 的人氣有多高。至今這首轟動一時打動了韓國廣大男性的歌，在 KTV 內的點播率仍然相當高。

● 音樂故事

　　這首 OST 是在劇中飾演黑社會組織一員的男主角趙寅成，怨恨繼父或是反抗親生姊姊及同母異父兄弟，亦或是抵抗這個不合理的社會種種場景時，每當要表達男主角內心感受時播放的背景歌曲。作為黑社會組織的角色，反映出男人們黑暗、粗獷、充滿野性的一面，不知不覺地這首歌成為了韓國男性們的代表歌曲，直到現在仍廣受喜愛。

例子

♥ 외면하다 (動) 不理睬

A : 저 정말 큰일이에요. 어떻게 해야 될지 모르겠어요.

B : 무슨 일인데요. 부장님께 제출해야 될 보고서 다 못 썼어요?

A : 그게 아니고요.

이번에 새로 입사한 정 대리를 외면하려고 해도 자꾸 시선이 가요.

B : 처녀가 매력적인 총각에게 끌린다는 건 너무나도 자연스러운 거 아니에요?

A : 我真的完蛋了！我不知道該怎麼辦才好。

B : 怎麼了？是不是要提交給部長的報告還沒寫好？

A : 不是，是我雖然想裝做沒看到這次新來的鄭代理，可是我的視線總會往他那去。

B : 單身女子被富有魅力的未婚男性吸引不是很自然的事嗎？

♥ 봄날 (名) 春天

A : 나한테 꽃 피는 봄날은 언제쯤 올까?

B : 왜? 또 무슨 일인데 이른 아침부터 푸념이야.

A : 가만히 생각해 보니까, 나만 빼고 내 주변 친구들 다 연애 중인 것 같아서.

B : 계절도 사계절이 있듯이 너한테도 분명 봄날이 올 거야. 조금만 더 기다려 봐.

A : 我的春天什麼時候會來呢？

B : 怎麼？是發生什麼事情，一早就在發牢騷？

A : 我想了一想，除了我以外，我身邊的朋友都在談戀愛。

B : 如同季節有四季，妳的春天一定會來的！再等等吧！

key word

◆ 자꾸 [副] ─ 一直

◆ 처녀 [名] ─ 處女

◆ 끌리다 [動] ─ 被吸引

◆ 자연스럽다 [形] ─ 自然的

◆ 푸념 [名] ─ 牢騷

◆ 시선 [名] ─ 視線

◆ 총각 [名] ─ 未婚男子

◆ 너무나 [副] ─ 太

◆ 피다 [動] ─ 開

◆ 가만히 [副] ─ 默默地

64 한국어를 알아보기

"*Loving you* 사랑해. 한 순간도 잊지 마.
내가 사랑한 사람 오직 너 하나니까."

Loving you 我愛妳，一刻也別忘了，
我愛的人只有妳一人而已。

劇名：羅曼史 로망스

歌名：Promise

主演：金載沅、金荷娜

播放期間：2002.05.08 ～ 2002.06.27

● 歌手簡介

名字：韓勝浩　　　生日：1973 年 6 月 20 日
身高：176 公分　　血型：A 型　　　星座：雙子座

　　韓勝浩於 1990 年宣告進軍歌壇，開始第一張專輯的宣傳活動。雖然不算是人氣歌手，但主唱這齣連續劇的 OST 後，首次獲得了注目。但在演藝圈或是經紀業，比起記得韓勝浩是歌手的人，反而記得他是「FNC 娛樂公司」的代表的人占更大多數。這家公司旗下歌手有「FT ISLAND」和「CNBLUE」等，以及搞笑藝人柳在錫，它與「YG 娛樂」、「SM 娛樂」同為韓國三大的經紀公司，在韓國演藝圈持續成長茁壯。目前他依然不停地致力於連續劇 OST 及旗下歌手的歌曲作詞，也身兼作詞家持續地創作中。

● 音樂故事

　　劇中，每當身為學生的男主角表露出對飾演老師的女主角的愛慕之情時，便會帶入這首 OST。歌手粗獷的嗓音，詮釋起男主角悲痛又懇切的心情時極具說服力與魅力，所以只要聽到這首歌，就想立刻飛奔到心愛之人的身邊，是一首讓觀眾們留下了強烈印象的 OST。

♥ 오직 (副) 只有

A : 영원한 사랑과 오직 한 사람만 사랑한다는 것이 요즘 세상에 가능할까?

B : 그것도 그거지만 지고지순한 사랑도 이미 옛말이 된 것 같아.

A : 도대체 그 이유가 뭘까?

B : 전통사회에서는 신분제도라는 규제가 있었다면, 현대사회에서는 물질만능주의로 인해 사람과 사랑보다 물질이 우선시 되다 보니까 그런 거 아닐까?

A : 永恆的愛以及鍾愛一人在現在是可能的嗎？

B : 至真至純的愛應該是過去的事了。

A : 為什麼？

B : 如果說在傳統社會中有身分階級制度的話，那麼現代社會就是因為物質萬能主義的關係，比起人性與愛情，更加看重物質。難道不是這樣嗎？

◆ 가능하다 [形] — 可能　　◆ 지고지순하다 [形] — 至真至純

◆ 옛말 [名] – 老話　　◆ 전통사회 [名] – 傳統社會

◆ 신분제도 [名] — 身分制度　　◆ 규제 [名] — 限制

◆ 현대사회 [名] — 現代社會　　◆ 물질만능주의 [名] — 物質主義

◆ 물질 [名] — 物質　　◆ 우선 [副] — 優先

65
한국어를 알아보기

"헤어날 수 없는 미련한 사랑에
조금씩 빠져 가고 있어 이렇게 이렇게"

一點一點地陷入無法擺脫的癡迷愛中，就這樣、就這樣。

劇名：危機的男人 위기의 남자

歌名：愚蠢的愛 미련한 사랑

主演：黃信惠、申成佑

播放期間：2002.04.08 ～ 2002.06.08

歌手簡介

名字：JK 金東旭　　　生日：1975 年 12 月 11 日
身高：182 公分　　　星座：牡羊座

　　事實上，與個人正規專輯的歌曲相比，JK 金東旭的 OST 演唱歌手身分更加有知名度，讓他赫赫有名的歌曲可以說正是這首 OST。以極具魅力的中低音，讓那音律聲響不分男女、獲得所有人的熱愛，也讓許多歌手相當羨慕他獨有的音色。此外，在 2011 年 MBC 電視台的節目〈我是歌手〉中，他壓倒性的個人魅力讓他與其他歌手的差異在歌迷們的心中留下了深刻的印象。現在，他則是以身為音樂劇演員的身分擴張自己的演藝之路。

音樂故事

　　這首 OST 的曲名為〈愚蠢的愛〉，「愚蠢」指的也正是不倫。讓人不禁思索起 21 世紀資本主義的經濟發展雖然耀眼光彩，但無論過去或現在，在一個家庭中背負著重擔生活著的我們的家長們是不是都一樣沒有立足之地呢？在那一瞬間無法輕易掙脫、被稱為「不倫」的危險之愛，這危險之愛的展開與 JK 金東旭哀切的嗓音相遇後，更加邊了這部戲的緊張感。

♥ 헤어나다 (動) 擺脫

A : 나의 의지와는 무관하게 했었던 이별이어서 그런지, 옛사랑에
　　서 헤어날 수 없네요.

B : 그것 또한 시간이 흐르면 지나갈 거예요.

A : 하지만 비 내리는 날이면 그 사람은 언제나처럼 내 뇌리를 맴
　　도네요.

B : 정말이요? 그 정도일 줄은 몰랐네요.

A : 可能是因為那是非我自主意志的離別，所以我一直無法
　　擺脫舊愛。

B : 那種事隨著時間流逝就會過去的。

A : 但只要是下雨的日子，那個人就會一直在我腦海中盤旋不去。

B : 真的嗎？我不曉得是到這種程度。

♥ 미련하다 (形) 愚蠢 / 愚笨

A : 미련한 줄 알면서도 그만둘 수 없는 게 사랑인가 봐요.

B : 누가 아니래요.

A : 이 사람과 헤어져야 되는데 결혼 상대는 아닌데…, 하면서도 못 헤
　　어지겠어요.

B : 모든 이성을 마비를 시키는 것이 바로 그 사랑의 감성이라고 하잖아요.

A : 即使知道非常愚蠢，但卻無法放棄的似乎就是愛情。

B : 誰說不是呢？

A : 就算是想著必須要離開這個人，他不是適合結婚的對象，但卻
　　無法分手。

B : 讓所有理性麻痺的，不正是愛情的感性嗎？

◆ 의지 [名] － 意志 　　　◆ 무관하다 [形] － 無關的

◆ 옛사랑 [名] － 舊情 　　　◆ 흐르다 [動] － 流

◆ 뇌리 [名] － 腦海裡 　　　◆ 맴돌다 [動] － 旋繞

◆ 이성 [名] － 理性 　　　◆ 마비 [名] － 麻痺

★文法解析

1. 動詞/形容詞 + 아/어/여 가다 ：將來、繼續

화장을 다 해 가니까 곧 나갈게요.

化妝差不多好了，就出去。

세월이 유수와 같이 흘러 가면서 나의 성격도 많이 변했다.

隨著時間流逝，我的性格也改變許多。

지금까지 2년 동안 한국어를 공부해 가면서 가장 좋았던 추억이 있어요?

到現在為止學了兩年的韓文，有沒有最好的回憶呢？

"언젠가 널 다시 만날 그 날이 오면 너를 내 품에 안고 말할 거야…"

如果某天再次見到你，
我一定會將你擁入懷中訴說……

劇名：All In 真愛宣言 올인

歌名：像第一天一樣 처음 그 날처럼

主演：李秉憲、宋慧喬、池城

播放期間：2003.01.15 ～ 2003.04.03

歌手簡介

名字：（故）朴容夏　　　享年：32 歲
身高：176 公分　　　血型：B 型　　　星座：處女座

　　相當令人不捨、悲劇性地選擇了自殺結束生命的一顆星星。韓國歌迷們、還有日本粉絲們依然無法忘記，得知他那突如其來的噩耗讓人難以接受的當下。在韓國，他以反派演員發跡，是一個演技實力比起任何人都還堅強的演員；在日本，以相當有魅力的男性嗓音歌手知名；而在台灣，則有著演出拍攝地點以台灣的名勝作為背景的連續劇＜ON AIR＞的深深緣份，雖然在各國留下的印象稍有不同，但他的確是與其他人相較之下，更加發光發熱的一顆星。與朴容夏是摯友的蘇志燮也比任何人都對他的死亡感到難受。

音樂故事

　　這的確是首令人驚艷的歌曲。OST 的人氣持續飆升，但演唱這首 OST 的歌手名字卻並未公開。而在公開是朴容夏的嗓音之後，著實令大家驚訝！連續劇中每一個戲劇性的瞬間都引起深深的哀痛。而在這種部分消化得最完美的只有〈洛城生死戀 all in〉OST 的朴容夏的曲子。

例子

♥ 언젠가 （副）某個時候

A : 언젠가는 나 스스로의 힘으로 이 세상의 중심에 우뚝 서 있을 거예요.

B : 지금도 충분히 잘하고 있으면서 뭘 또 우뚝 서요?

A : 타인에게 기대어 상처를 받기보다 선택적 외로운 삶도 괜찮을 것 같아서요.

B : 사회란 더불어 살아야죠. 함께 살아야죠. 그게 무슨 소리예요.

A : 某天我會靠我自己的力量，獨自立足在這世上的中心。

B : 你現在也做得很好，怎麼突然說要獨自立足呢？

A : 因為我覺得比起過於依賴他人而受傷，有選擇性的孤獨生活倒也不錯。

B : 所謂的社會，就是要群體生活呀！當然要一起生活！你在胡說些什麼？

♥ 품 （名）懷抱

A : 아직도 기억이 나는 것 같아요.

B : 뭐가요?

A : 어머니의 심장은 분명 멈춰 있었는데, 마지막 순간의 그 품은 굉장히 따뜻했어요.

B : 그랬었구나, 어머니를 굉장히 사랑했었나 보네요.

A : 直到現在好像也還是會想起來呢？

B : 什麼？

A : 媽媽的心跳明明就已經停止了，但在最後那一瞬間，她的懷抱卻相當地溫暖。

B : 原來如此！你一定很愛你的媽媽。

key
word

◆ 우뚝 [副] － 屹立　　◆타인 [名] － 他人

◆ 기대다 [動] － 倚靠　　◆ 더불어 [副] － 一起

◆ 멈추다 [動] － 停　　◆ 순간 [名] － 瞬間

67
한국어를 알아보기

> "너를 사랑해도 되겠니, 우리 시작해도 되겠니
> 나의 상처 많은 가슴이 너를 울게 할지도 몰라"

我那滿是傷痍的心也許會弄痛妳。

■ 劇名：巴黎戀人 파리의 연인

■ 歌名：陪在妳的身邊 너의 곁으로

■ 主演：朴新陽、金正恩、李東健

■ 播放期間：2004.06.12 ～ 2004.08.15

歌手簡介

名字：曹成模　　生日：1977 年 3 月 11 日
身高：179 公分　　星座：白羊座

　　曹成模於 1998 年公開了個人的正式專輯〈To Heaven〉，是震撼規模不輸給電影場面的音樂錄影帶。卸下了一開始以神祕主義不露臉的歌手包裝，公開了真面目後，他獲得了更高的人氣，發行的每張專輯都創下了前所未有的紀錄，獲得了「情歌皇太子」的稱號。現在他無論是在專輯、連續劇、電影的 OST，甚至是舞台劇等等各領域都發出了挑戰書，持續地迎接新挑戰。

音樂故事

　　這首 OST 適合每當男人與女人無可奈何地因為身分差異而遭遇感情障礙時播放的悲傷背景音樂，徹底地表露出向著女人的男人那哀痛的情感，是一首確實讓人能夠感受到男人純愛的告白歌曲。

★文法解析

1. 動詞 + 게 하다 ：讓、叫

선생님이 저를 나가게 하셨어요.
老師叫我走出去。

부모님들의 싸움은 아이들을 화 나게 해요.
父母吵架，讓孩子生氣。

제 남자 친구가 저에게 한국어로 말하게 했어요.
我的男朋友叫我講韓語。

"지금 올해의 첫 눈꽃을 바라보며 함께 있는 이 순간에 내 모든 걸 당신께 주고 싶어"

現在望著今年的初雪雪花，
在一起的這一刻，想將我所有的一切都給親愛的你。

劇名：對不起，我愛你 미안하다, 사랑한다

歌名：雪之花 눈의 꽃

主演：蘇志燮、林秀晶

播放期間：2004.11.08 ～ 2004.11.29

● 歌手簡介

名字：朴孝信　　生日：1981 年 12 月 1 日
身高：178 公分　　血型：B 型　　星座：射手座

　　2008 年，在 Mnet 上集合了音樂專家們的「33 歲以下的男歌手唱功 Top10」上，朴孝信甩開了名聲響亮的歌手們，堂堂地登上了第一名的寶座，獲得了實力派中的實力派歌手的正面評價。他的歌迷年齡層很廣，但是讓他的名字廣為人知的契機便是翻唱這首日本歌手中島美嘉〈雪の華〉的 OST。

　　連續劇中，男主角的個性粗心又倔強，而這樣的男人也有深愛的女人，想將自己渴望又懇切的眷戀傳遞出去。這首 OST 忠實傳達了這種男人的心境，歌詞的每一字每一句都與朴孝信的嗓音融為一體，直到現在仍被稱為名曲。

例子

♥ 눈꽃 (名) 雪花

A : 와! 함박눈이 내리니까 나무마다 눈꽃이 피었네요.

B : 만약에 눈꽃의 절정을 보고 싶다면 겨울 산행을 준비해 보는 것도 좋아요.

A : 그러게요. 저도 하루 빨리 계획을 세워야겠어요.

B : 그 계획에 저도 포함이 되어 있다면 기꺼이 같이 가 드릴게요.

A : 哇！下起鵝毛大雪了，每棵樹上都披上了雪花呢！

B : 如果你想要看到雪花的絕景的話，冬天安排一場登山行也是不錯的呢！

A : 好呀！我也該趕快來訂計畫了。

B : 如果這個計畫中有算我一份的話，我很樂意一起去喔！

key word

◆ 함박눈 [名] — 鵝毛雪   ◆ 절정 [名] — 尖峰

◆ 산행 [名] — 登山   ◆ 포함 [名] — 包含

1. 動詞/形容詞+(으)며　　：一邊～一邊；同時

음식을 먹으며 영화를 봐요.

一邊吃東西，一邊看電影。

이 노트북은 크기도 작으며 가격도 싸요.

這台筆記型電腦體積小，價格又便宜。

저는 한국어를 공부하며 일본어도 공부하고 있어요.

我學韓文，又學日文。

69
한국어를 알아보기

"난 안 되겠니, 이 생애에서 다음 생애선 되겠니 약속한다면 오늘이 끝이라도 두렵지 않겠어 My Love"

我不可以嗎？在今生的日子裡，非得要等到來生才有可能嗎？
如果你能答應我，就算今天是最後一天，我也不會害怕……My Love～

劇名：峇里島的日子 발리에서 생긴 일

歌名：My love

主演：河智苑、蘇志燮、趙寅成

播放期間：2004.01.03 ～ 2004.03.07

● 歌手簡介

名字：李鉉燮　　　生日：1978 年 9 月 26 日
身高：180 公分　　血型：A 型　　星座：天秤座

　　李鉉燮是 1999 年組成的搖滾樂團 Novasonic 成員之一，自 2004 年開始正式演藝活動。唱了這首 OST 後，漸漸地開始廣為人知。2012 年起，以韓國具代表性且知名的搖滾樂團 N.E.X.T 的 sub vocal 的身分進行演出。

● 音樂故事

　　連續劇的三角關係中，似乎擁有世上一切的男主角，唯一無法獲得的就是女主角的心。男主角的哀切之情深深融入歌詞之中。事實上，因為與連續劇中著名的場面絲絲契合而大紅的這首 OST，甚至比演唱這首歌的歌手和歌手名字擁有更高的人氣。

♥ 끝 （名）最後

A : 계속 그렇게 약속을 지키지 않으면 분명 끝이라고 경고했어요.

B : 그게 말이지…, 사회 생활이라는 것이 말이지…,

A : 무슨 말을 하고 싶은 거예요? 말을 하려면 정확하게 하세요.

B : 이제부터는 정말 약속 잘 지킬게요. 그러니까 끝이라는 말만
　　하지 말아요.

A : 我明明警告過你，如果你一直這樣不守約定的話，我們就結
　　束了。

B : 你說的沒錯。社會生活就是這樣……。

A : 妳到底想說什麼？請明確地說出來！

B : 從現在起我真的會好好遵守約定！所以你就別說什麼「我們
　　結束了」這種話吧！

◆ 분명 [名] － 分明　　　　◆ 경고하다 [動] － 警告

◆ 정확하다 [形] － 正確的　　◆ 지키다 [動] － 遵守

70

한국어를 알아보기

"나 살아가는 동안 다시 만난다면
차마 볼 수 없음에 힘겨운 눈물을 흘리죠.
나는 정말 그댈 사랑해요"

倘若在我仍然活在世上的日子裡再次遇見了妳，
我想我會因為不忍見妳而落下
沉重的淚水吧。我是真的愛著妳。

劇名：火鳥 불새

歌名：緣分 인연

主演：李瑞鎮、李恩宙、ERIC

播放期間：2004.04.05 ~ 2004.06.29

● 歌手簡介

名字：李承哲　　　生日：1966 年 12 月 5 日
身高：170 公分　　血型：A 型　　　星座：射手座

　　身為 1985 年起活動至今的搖滾樂團「復活」的主唱開始，李承哲於 1989 年獨自單飛。韓國情歌的傳說當中，他當然是首屈一指的第一把交椅，符合「情歌皇太子」、「OST 皇太子」等稱號，他的暢銷歌曲數量多到無法計算。特別在這當中，女子偶像團體〈少女時代〉的第一張專輯主打歌曲〈少女時代〉也是這位歌手的暢銷歌曲之一。另外，不僅是電視節目活動，他也持續地舉辦了超過兩千場以上的演唱會，是非常喜歡和粉絲們互動的音樂人。

● 音樂故事

　　愛情就是時機。雖然愛上了，但卻不是能夠相愛的時機，因此分手了的男主角與女主角。隨著時間的流逝，他們兩人又再次相遇，然而兩人的愛情依然不被允許。唱出這哀切男人心情的這首 OST 歌詞表現出了男主角的告白、淚水和迷戀，雖然經過了十年的時間，現在仍獲得廣大的喜愛。

♥ 차마 （副）忍心

A : 그렇게 울고만 있지 말고 후회가 되면 당장 가서 붙잡아 봐요.

B : 안 돼요. 이미 멀리 떠나버린 기차인 걸요.

A : 정말이지 차마 눈 뜨고 볼 수가 없겠네. 그러게 좀 더 참지 그랬어요.

B : 저도 참는다고 참았단 말이에요. 저한테도 어쩔 도리가 없었다고요.

A : 不要就這樣一直哭，如果你覺得後悔的話就立刻去抓住他。

B : 不行！他就像是已經遠遠駛去的火車。

A : 我真是不忍心看下去了。那就再忍耐吧。

B : 我也是忍了再忍的啊。我已經束手無策了。

♥ 힘겹다 （形）吃力

A : 그 사람 없이 하루 하루 살아가는 것이 왜 이리도 힘겨운지. 보고 싶다.

B : 모질게 들리겠지만, 인연이 아니라고 생각 되면 깨끗하게 잊는 게 나요.

A : 저도 그렇게 생각해요. 하지만 밀려드는 그리운 마음은 저도 어쩔 수 없네요.

B : 아프겠지만, 힘겹겠지만, 한 번 아닌 인연은 아닌 거예요.

A : 沒有他，每一天每一日我都活得好辛苦。好想他！

B : 雖然很殘酷，但只要想著你們沒有緣分，徹底地忘了他的話，就會好一點。

A : 我也是這麼想的。但是席捲而來的思念之情讓我無可奈何。

B : 雖然會心痛，雖然很辛苦，但只要不是妳的緣分，就永遠不會是！

key
word

◆ 붙잡다 [動] ─ 抓　　◆ 떠나버리다 [動] ─ 離開
◆ 뜨다 [動] ─ 睜開　　◆ 참다 [動] ─ 忍耐
◆ 도리 [名] ─ 道理，方法　　◆ 모질다 [形] ─ 殘酷

"더 이상 사랑이란 변명에 너를 가둘 수 없어 이러면 안 되지만, 죽을 만큼 보고 싶다"

不能再以愛情為理由束縛妳，
明明知道不可以，但是我真的想妳想到快死掉。

- 劇名：天國的階梯 천국의 계단
- 歌名：想你 보고 싶다
- 主演：崔智友、權相佑
- 播放期間：2003.12.03 ～ 2004.02.05

● 歌手簡介

名字：金範洙　　　生日：1979 年 1 月 26 日　　　星座：水瓶座

　　金範洙在 1999 年以不露臉歌手的概念出道。2000 年發行的第二張專輯中，〈一天〉這首歌成為超級熱門歌曲，之後重新將這首歌改為英文〈Hello Good-bye Hello〉歌名，發行英文版，之後這首歌登上了美國音樂告示榜第 51 名。另外，在日本也發行了兩張專輯，直到現在仍活躍地參加電視節目和舉辦演唱會。特別是代表了金範洙的這首 OST 在連續劇中超越了 OST，造就了現在的歌手金範洙、音樂人金範洙，對金範洙個人而言也是一首格外有意義的歌曲。

● 音樂故事

　　雖然乍聽下是女主角失明後，代表女主角心境的歌曲，但其實是傳達著在一旁看著生命消逝的女子，卻只能守護其側的懦弱男子立場的歌曲。這首歌與金範洙渾厚且哀戚的嗓音交融，在不論男女、不論是現在或未來都會持續地獲得喜愛。

♥ 변명（名）辯解

A : 그걸 지금 변명이라고 늘어놓는 거예요? 저보고 그걸 믿으라고요?

B : 변명이 아닌 진실을 말하고 있는데 변명이라고 하면 저는 어떡해요.

A : 그러게, 누가 평소에 거짓말을 밥 먹듯이 하라고 했어요?

B : 저에 대한 믿음이 정말 그 것밖에 안돼요?

A : 你現在是在辯解嗎？你現在是叫我相信嗎？

B : 我不是辯解，我只是在陳述事實而已！你一直說那是辯解叫我該如何是好呢？

A : 所以啊，到底是誰平時撒謊成性呢？

B : 你對我的信任就只有這樣而已嗎？

key word

◆ 늘어놓다 [動] － 抓   ◆ 진실 [名] － 真實

◆ 그러게 [副] － 那是   ◆ 거짓말 [名] － 謊話

72
한국어를 알아보기

"조심스럽게 얘기할래요.용기 내 볼래요
나 오늘부터 그대를 사랑해도 될까요?"

我要小心翼翼地訴說，試著鼓起勇氣，
從今天起，我可以愛你嗎？

劇名：巴黎戀人 파리의 여인
歌名：我可以愛你嗎？ 사랑해도 될까요
主演：朴新陽、金正恩、李東健
播放期間：2004.06.12 ～ 2004.08.15

● 歌手簡介

名字：玻璃箱子
成員：朴承華（1969.3.11）、李世俊（1972.7.6）

　　他們是於 1996 年組成的男子雙人團體。尤其是玻璃箱子擁有甜美又柔和的嗓音，而被稱作是「婚禮祝福曲」的專業歌手，是一組讓人感到平和、親切的歌手。除了正規專輯的活動外，也持續活躍於連續劇、電影、OST，以及演唱會等各項表演活動。

● 音樂故事

　　這首 OST 正如上面那一句歌詞，劇中男主角鼓起了勇氣向女主角告白。在身為財閥的男主角和平凡的女主角之間，大眾普遍認為女主角比較需要具備勇氣，但其實愛情當前，需要勇氣的是兩人之中更不願錯過、放棄的那一方。在劇中，一邊彈著鋼琴，一邊唱著歌的男主角如此浪漫的一面讓人嗅到了那鼓起百倍勇氣的男人的香氣。

♥ 조심스럽다 (形) 小心地

A : 이리 가까이 와 봐요. 할 이야기가 있어요.

B : 도대체 무슨 이야기이길래 그래요?

A : 우리 더 이상 밀고 당기지 말고 조심스럽게 진지하게 알 아 가 보는 건 어때요?

B : 내가 언제 밀당을 했다고 그래요?

A : 靠過來一點，我有話要對你說。

B : 到底是想說什麼呢？

A : 我們就不要再繼續欲擒故縱了，開始細心、真摯地互相 了解如何？

B : 我什麼時候說你欲擒故縱了？

◆ 이리 [副] － 這裡　　　◆ 가까이 [副] － 靠近

◆ 밀다 [動] － 推　　　◆ 당기다 [動] － 拉

73
한국어를 알아보기

"숨겨 왔던 나의 수줍은 마음 네게 보여 줄게.
차가운 나를 움직이는 너의 미소"

我隱藏許久害羞的心將託付給你，
是你的微笑改變了冷酷的我。

劇名：我叫金三順 내 이름은 김삼순

歌名：SHE IS

主演：金善雅、玄彬

播放期間：2005.06.01 ～ 2005.07.21

● 歌手簡介

名字：CLAZZIQUAI　酷懶之味
成員：Clazz（1074.11.15）、蝴（1979.7.5）、Alex（1079.9.2）

　　酷懶之味是 2004 年組成的美聲獨立團體，雖然並未活躍地進行活動，但這個團體特有的音樂色彩使他們獲得了粉絲們的喜愛。比起正規專輯的歌曲，這首 OST 更可說是這個團體的代表歌曲。連續劇《我叫金三順》和《酷懶之味》就像是想分也分不開的的針與線的存在，連續劇和 OST 同時受到廣大的喜愛。

● 音樂故事

　　聽到「我隱藏許久害羞的……」的音樂瞬間，我們就能夠聯想到男主角玄彬，這首歌曲可以說是為劇中男主角的感情和真心代表的曲子。連續劇播出後，仍有很長的時間在各處都能不停地聽見這首歌曲，可見這首 OST 的厲害之處。這部連續劇和這首 OST 配合得天衣無縫，實在是令人無法想像「如果這部連續劇少了這首 OST 的話，會是如何呢？」

♥ 숨기다 (動) 藏

A : 우리 앞으로 숨기는 거 없이 다 말하기로 해요.

B : 그런 게 어디 있어요? 서로의 개인 프라이버시는 존중 돼야 지요.

A : 그럼 나한테 비밀을 만들겠다는 거예요?

B : 굳이 만들겠다는 것이 아니라, 말 못하는 비밀도 있을 수 있다는 거죠.

A : 我們說好以後對彼此沒有任何隱瞞，什麼事都要說出來吧！

B : 哪有這種事的？我們應該要互相尊重彼此的隱私才對。

A : 妳的意思是妳對我有秘密囉？

B : 也不是故意要對你有秘密，只是彼此之間還是有可能會有秘密嘛。

♥ 수줍다 (形) 害羞

A : 수줍어 하시는 모습이 매력적이십니다.

B : 제가 낯을 좀 가리는 편이라서요. 죄송합니다.

A : 그런 뜻이 아니라, 여성스러우신 모습이 굉장히 아름답게 느껴져 서요.

B : 그렇게 계속 비행기 태우실 거예요?

A : 妳害羞的樣子好有魅力。

B : 因為我有點怕生，真是不好意思！

A : 我不是那個意思，只是妳讓我覺得妳有女人味的樣子特別美麗。

B : 你真的要這樣捧我嗎？

◆ 개인 [名] ― 個人
◆ 굳이 [副] ― 硬是
◆ 가리다 [動] ― 認生
◆ 비행기 [名] ― 飛機

◆ 프라이버시 (privacy) [名] ― 私生活
◆ 낯 [名] ―臉面
◆ 여성스럽다 [形] ― 有女人味的
◆ 태우다 [動] ― 使~~乘坐

74
한국어를 알아보기

"사랑아~그리운 내 사랑아, 이렇게 아픈 내 사랑아
얼마나 아프고 아파해야 아물 수 있겠니?"

愛情啊，我思念的愛啊，如此痛徹心扉的愛啊！
到底還要我多痛才能癒合啊？

- -

劇名：女人的戰爭 내 남자의 여자

歌名：愛情啊 사랑아

主演：金喜愛、金相中、裴宗玉

播放期間：2007.04.02 ～ 2007.06.19

● 歌手簡介
....

名字：The one　　生日：1974 年 3 月 26 日
身高：181 公分　　星座：牡羊座

　　這位獨唱歌手在韓國以 THE ONE、在中國以本名鄭淳元出道。獨有的
哀切嗓音演繹了許多連續劇、電影的 OST，傳達了無人能相比的懇切感。
他被比喻為「能讓人感到真誠的歌手」、「用真心誠意唱歌的歌手」。2015
年，演藝事業活動更擴及到中國大陸，目前可說是他歌手生涯的巔峰時期。

● 音樂故事
....

　　這首歌貼切地闡述了劇中人物的複雜心態，並充分傳達展現戲劇氛圍，
甚至有人說是為了聆聽這首 OST，才觀賞連續劇。外遇的丈夫，愛上朋友
丈夫的女子，發現了他們兩人的關係的妻子，這樣的關係裡再加上了 THE
ONE 的歌聲，正是夢幻組合。

♥ 아물다 (動) 癒合

A : 길을 가다가도, 밥을 먹다가도, 드라마를 보다가도 온통 그 사람 생각뿐이에요.

B : 원래 첫사랑에 대한 상처는 영원히 아물지 않는 거예요.

A : 단순히 첫사랑이 아니었다고요. 제 전부였다고요.

B : 그렇게 다들 성장통을 겪으면서 성장한답니다.
달리 위로해 줄 말이 없어 미안해요.

A : 即使走在路上，即使吃著飯，即使看著電視，腦中想的全都只有那個人。

B : 初戀受到的傷害本來就永遠都無法治癒。

A : 他不單單是我的初戀而已，他是我的全部呀！

B : 大家都是經歷過成長之痛後才成長的。真抱歉，我沒有其他可以安慰你的話了。

◆ 겪다 [動] － 經歷　　◆ 성장하다 [動] － 成長
◆ 달리 [副] － 另外　　◆ 위로하다 [形] － 安慰

"그 사람 나만 볼 수 있어요. 내 눈에만 보여요. 내 입술에 영원히 담아둘 거야"

那個人只有我看得到，只在我眼中能看到，
永遠會留在我的唇際之間。

劇名：我人生最後的緋聞 내 생애 마지막 스캔들

歌名：我有愛人了 애인 있어요

主演：崔真實、鄭俊浩

播放期間：2008.03.08 ～ 2008.04.27

● 歌手簡介

名字：李恩美　　　生日：1966 年 05 月 19 日
身高：170 公分　　星座：金牛座

　　李恩美被稱作「LIVE 女王」、「赤腳歌后」。許多年輕一輩的歌手們經常一再翻唱她的歌曲，她不僅受到一般大眾的喜愛，在同業歌手們之間也相當有人緣。2009 年，出道正好滿 20 週年的李恩美達成了舉行 600 場免費演唱會的紀錄。在舞台上，總是赤腳演唱的模樣成為了她特有的形象，毫不猶豫展現個人的政治色彩以及影響社會整體的思想，足以稱她為自由靈魂的繆思。

● 音樂故事

　　這首 OST 原是李恩美在 2005 年發行的第六張正規專輯的主打歌曲。但與剛發行時相比，2008 年這部連續劇播出時伴隨著的這首 OST，讓她迎來了前所未有的第二次全盛期，獲得了更廣大的人氣。某項調查顯示，這首歌曲被票選為自 2008 年 1 月起至 2009 年 8 月，在韓國的卡拉 OK 最常被點播的歌曲第一名。有如詩一般的歌詞，更加深了這首歌曲的深度。

例子

♥ 담다 (動) 裝

A : 이번 일은 마음에 담아 두지 마세요.

B : 분명 제가 실수한 거 아니잖아요. 그런데 왜 제 탓만 하시는지 모르겠어요.

A : 억울한 부분도 발생하는 게 어쩔 수 없는 사회 생활이라는 거예요.

B : 전 정말 저만 잘하면 다 되는 줄 알았어요. 이런 오해는 정말 생각 도 못했어요.

A : 這次的事情請不要放在心上。

B : 那本來就不是我的失誤。但是我真的不懂為什麼都怪我呢?

A : 就算受了委屈也不能怎麼樣,這就是社會生活。

B : 我真的以為只要我做好就可以了。但我真的沒想到會發生這種誤會。

key word

◆ 탓 [名] ― 責怪　　　◆ 억울하다 [形] ― 委屈

◆ 어쩔 수 없다 [冠] ― 沒有方法　◆ 오해 [名] ― 誤會

文法解析

1. 動詞 + 아/어/여 두다　:~着

먼저 배추를 소금에 절여서 담가 두세요.
首先請將白菜泡在鹽巴裡面醃漬。

수제비를 만들 때는 반죽을 미리 해 두세요.
製作麵疙瘩時,請先將麵團揉好。

나쁜 기억은 마음에 담아 두지 말고 빨리 털어 버리세요.
不好的回憶不要一直記在心裡,趕快拋下吧。

"우리 서로 사랑했는데, 우리 이제 헤어지네요.

같은 하늘 다른 곳에 있어도 부디 나를 잊지 말아요."

我們曾經彼此相愛，我們現在卻要分手。
同樣的天空下即使在不同的地方，請你不要忘記我。

劇名：IRIS 아이리스

歌名：不要忘記 잊지 말아요

主演：李秉憲、金泰熙

播放期間：2009.10.14 ～ 2009.12.17

● 歌手簡介

名字：白智榮　　生日：1976 年 3 月 25 日
身高：169 公分　　血型：A 型　　星座：牡羊座

　　她的歌曲寫下了「OST 連續劇最佳人氣」的方程式，讓白智榮坐上了「OST 女王」的寶座。白智榮曾在 2001 年短暫地在台灣進行表演。雖然首次出道時的身分是舞蹈歌手，但自從第六張專輯後，就改以愛情歌曲為主打一直到現在。如果說她是排名第一的 OST 歌手也不為過，她個人的熱門歌曲和 OST 的熱門歌曲數量都相當可觀。

● 音樂故事

　　白智榮中、高渾厚的嗓音讓人更加感受到劇情的哀戚，直到現在「說到 IRIS 就聯想到白智榮、提起白智榮就想到 IRIS」，每一個畫面都與音律契合，令人不禁讓人認為這是部比電影更加淒美的影片。特別是最後一集，男主角即將死去那一幕的背景音樂在播出結束後仍留下了餘韻，施下了令人久久無法忘卻的魔法，時機可以說是配合得恰到好處。

♥ 부디 （副）千萬

A：이렇게 갑자기 헤어질 줄은 꿈에도 몰랐어요.

B：이하동문이에요. 저도 전혀 준비 되지 않은 상태에서 떠나려니 너무 아쉽네요.

A：부디 이 곳에서의 우리와 함께 했던 추억들을 잊지 않으시길 바랄게요.

B：무슨 말씀을 그렇게 서운하게 하세요. 제가 어떻게 잊을 수 있겠어요.

A：如此突然地分開，是我做夢也想不到的。

B：我也是。我也在一個毫無準備的狀態下必須離開，真的是非常可惜。

A：希望你千萬不要忘記我們曾經在這個地方一起留下的回憶。

B：妳怎麼會說出這麼令人難過的話。我怎麼可能會忘記呢？

◆ 갑자기 ［副］— 突然　　◆ 아쉽다 ［形］— 可惜

◆ 추억 ［名］— 回憶　　◆ 서운하다 ［形］— 遺憾

"그 사람아~사랑아, 아픈 가슴아~
아무 것도 모르는 사람아"

那個人啊～愛情啊，令我痛徹心扉。
什麼也不知道的那個人啊。

劇名：麵包王金卓求 제빵왕 김탁구

歌名：那個人 그 사람

主演：尹時允、李英雅、柳真、周元

播放期間：2010.06.09 ～ 2010.09.16

● 音樂故事

　　歌手李承哲的熱門歌曲數量與其他歌手相較可謂壓倒性的勝利。而之所以從這些人氣歌曲中挑選出這首 OST，是因為這首 OST 能將劇裡彼此愛著對方卻無可奈何的男女兩人的心理用歌詞完完全全引導出來。「因為愛你所以分開」、「因為愛你才放你走」、「因為愛你所以不能全部帶走」等，正是愛情一體兩面的表現。

1. 아무 N도+否定 ：任何

다리가 부러져서 아무 데도 못 가요.
我的腳斷了，所以無法去任何地方。

어제 수술을 해서 오늘은 아무 것도 먹으면 안 돼
요.
昨天動了手術，所以今天不能吃任何東西。

너무 긴장을 해서 무슨 말을 했는지 아무 생각도
나지 않아요.
我太緊張了，所以一點也想不起來我說過什麼話。

78
한국어를 알아보기

"네가 아니면 안 돼. 너 없이 난 안 돼
나 이렇게 하루 한 달을 또 일년을"

不是你的話不行，我不能沒有你。
沒有這樣過了一天一個月又一年。

劇名：灰姑娘的姐姐 신데렐라 언니

歌名：非你不可 너 아니면 안 돼

主演：金喜愛、金相中、裴宗玉

播放期間：2010.03.31 ～ 2010.06.03

● 歌手簡介

名字：藝聲　　　生日：1984 年 8 月 24 日
身高：178 公分　　血型：AB 型　　星座：處女座

　　藝聲是 Super Junior 的主唱，當時出道時曾有 13 名成員，現在則由 11 人組合。因為發行了許多專輯，自從他投入個人 OST 的表演後，更加凸顯了他的價值。與目前的偶像歌手相比，很明顯地他比其他人演唱過更多的 OST，2016 年 4 月，他發行了第一張個人迷你專輯，甚至站上了音樂劇舞台，拓廣他的演藝事業之路。

● 音樂故事

　　這是首表達對癡心深愛的女人而不知疲累的男人心情的情歌。藝聲哀切又有感染力的嗓音與連續劇中主角們坦率的情感結合，緊緊地吸引住了連續劇粉絲和音樂粉絲。在播出時，這首歌曲是手機來電答鈴和手機鈴聲的第一名，也是這部連續劇作家個人最喜歡的一首歌曲。

> "한 남자가 그대를 사랑합니다.
> 그 남자는 열심히 사랑합니다."

有個男人愛著妳。那個男人努力地愛著妳。

劇名：祕密花園 시크릿 가든

歌名：那個男人 그 남자

主演：河智媛、玄彬

播放期間：2010.11.13 ～ 2011.01.16

● 音樂故事

　　這首歌讓人再次見識到前面介紹過的「OST 女王」白智榮的功力。這首歌的餘韻在連續劇完結後仍久久無法散去，甚至也有與「那個男人」相反立場的「那個女人」的歌曲，而為了報答粉絲們的愛護，玄彬曾直接在舞台上演唱了這首曲子。從播出完結後，甚至直到現在，這首OST 曲子仍然獲得了廣大的喜愛。

♥ **열심히** (副) 努力地

A : 하루 하루 열심히 살면 저도 과연 안정적인 생활을 누릴 수
　　있을까요?

B : "누릴 수 있어요."라고 말해 주고 싶지만,
　　아마도 현실은 호락호락하지 않을 거예요.

A : 저도 그것을 모르는 바가 아니어서요. 그냥 답답해서 물 어
　　본 거예요.

B : 안정적인 삶까지는 모르겠지만 최소한 나 자신에게는 떳떳
　　하지 않겠어요?

A : 如果每一天、每一日都努力地生活的話，我也可以享有安定
　　的生活嗎？

B : 雖然我很想告訴妳「當然可以享有」，但是現實中是無法輕
　　易達成的。

A : 我也不是不懂這個道理，我只是覺得太鬱悶所以才問的。

B : 雖然我不知道是否能夠有安定的生活，但至少對得起自己，
　　難道不是嗎？

key word

◆ 안정적이다 [形] － 穩定的　　◆ 누리다 [形動] － 享受

◆ 호락호락하다 [形] － 輕視的　◆ 바 [依] － 情況

◆ 삶 [名] － 人生　　　　　　　◆ 최소한 [副] － 至少

◆ 자신 [名] － 自己　　　　　　◆ 떳떳하다 [形] － 堂堂正正的

"you are my everything 그대만 보면서 이렇게 소리 없이 불러 봅니다"

you are my everything,只看著你。就這樣無聲地呼喚你。

- -

劇名:來自星星的你 별에서 온 그대

歌名:MY Destiny

主演:金秀賢、全智賢

播放期間:2013.12.18 ~ 2014.02.27

● 歌手簡介

名字:LYN   生日:1981 年 11 月 9 日
身高:168 公分   血型:AB 型   星座:魔羯座

　　LYN 可說是直逼前面介紹的「OST 女王」白智榮的 OST 專業歌手。除了個人的歌曲獲獎,另外在 2012 年(第 6 屆韓國電視劇節)、2014 年(第 50 屆百想藝術大賞、Mnet 亞洲音樂賞等)、2015 年(第 24 屆首爾歌謠大獎)獲獎。連續劇的人氣雖也是超人氣原因之一,而多樣的細膩音色圍繞著連續劇畫面,讓觀眾舒舒服服地聽著音樂,受到廣大粉絲們的喜愛。

● 音樂故事

　　經典的畫面中之一就是連續劇最後一集男女主角經過了幾年的時間,再次相遇時接起了吻。接吻的瞬間,絕妙地傳出了這首 OST 旋律,可說是神來一筆,男主角都敏俊和女主角千頌伊以及這首歌曲合而為一,即使故事在觀眾們的心中留下了哀傷,但這首歌曲又讓觀眾內心感到撫慰。

81
한국어를 알아보기

"*you are my everything* 별처럼 쏟아지는 운명에"

you are my everything 如流星劃過的命運。

- -

劇名：太陽的後裔 태양의 후예

歌名：我有愛人了 You are my everything

主演：宋仲基、宋慧喬

播放期間：2016.02.24 ～ 2016.04.14

● 歌手簡介

. . . .

名字：GUMMY　　　生日：1981 年 04 月 08 日
身高：165 公分　　　血型：B 型　　　星座：牡羊座

　　Gummy 可以說是韓國 R&B 歌手中，最具代表性的女歌手。2003 年正式發行專輯出道，至今持續活躍於電視節目和演唱會上，自 2004 年起參加 OST 後，在 2011 年的〈我是歌手〉和 2016 年的〈假面歌王〉等淘汰賽節目中發揮她的歌唱實力，獲得了良好成績並創下紀錄。另外，Gummy 的特有音色讓她被選為許多男性歌手最想合作的歌手之一，事實上她也曾與許多前、後輩歌手們的合作音樂。

● 音樂故事

. . . .

　　《太陽的後裔》可說是再度引起韓流熱潮，OST 界中著名的歌手幾乎都參與了的 OST 唱片，是一張寫下了新歷史紀錄的專輯。因為這張專輯的歌手有尹美萊、Gummy、金俊秀、K-WILL、DAVICHI、李秀等，所以在音樂排行榜上一直都蟬聯寶座，留下了「音源排名」的紀錄，使得許多正準備發行專輯的歌手們都只能等待《太陽的後裔》人氣消失再發行。不僅在韓國，在亞洲其他地區都獲得了高人氣，Gummy 的歌曲更是經典代表曲目。

"세상의 모든 숲만큼, 아니 그보다도 더 큰 사랑을 할 거야.
너와 함께 너 안에서."

**如世上所有森林般！不！我會比那更加倍去愛妳。
與妳同處，在妳深處。**

電影名：情書 편지

導演：李正國

主演：崔真實、朴新陽

上映日：1997.11.22

影片簡介

　　1997 年上映的這部電影吸引了 505 萬名觀眾，榮獲當年的〈青龍電影獎〉「最高觀影數影片獎」。身為研究生的女主角和樹木園區管理員的男主角在命運的邂逅之後，結了婚，享受著詩情畫意生活的男主角卻得到了惡性腦瘤，開始了日復一日的痛苦時光。男主角擔心自己離世後獨自一人的女主角，為了安慰她而寫下了一封情書。這封情書在男主角辭世後被送到了悲慟不已的女主角手上，徹底刺激了觀眾們的淚腺而沉浸在男主角對女主角的遺憾深情中。

　　這句男主角向女主角表達愛意的電影台詞，日常生活中說出口或許聽來肉麻，但一但融入電影場景，便只感受深情愛意無限甜蜜。雖說情人相遇乃命中注定，但這命中注定仍需男主角或女主角其中一人主動地鼓起勇氣，絕大多數的電影中都描繪由男主角告白，這部電影也不例外並且更加浪漫。男主角演技精湛，眼神流轉間幕幕是戲，讓廣大的女性觀眾內心小鹿亂撞。

"만나야 할 사람은
언젠가 꼭 만나게 된다고 들었어요."

聽說命中注定該相遇的那人，總有一天會相遇。

劇電影名：傷心街角戀人 정국

導演：鄭潤鉉

主演：韓石圭、全度妍

上映日：1997.09.13

影片簡介

　　傳說中 1997 年癱瘓韓國的網路聊天電影《傷心街角戀人》。當時手機通訊軟體遠不如現在發達，網路聊天才開始流行。劇中，偶然的契機讓悲傷的兩人在網路上互有好感，數次錯身而過之後終於相見，相遇的瞬間讓許多觀眾感到顫慄和喜悅，突顯出導演的執導能力。女主角全度妍則創下了獲得在韓國有「韓國奧斯卡獎」之稱的〈大鐘獎〉、〈青龍電影獎〉、〈百想藝術大賞〉等最佳新人女主角獎的全紀錄。直到現在這部電影仍是韓國人票選出「最想重新觀賞的電影」之一。

　　兩人相遇之前，即使彼此還不熟稔，男主角便強烈感受與女主角命中注定的緣分，而說出了這句話。日後女主角也重複了這句台詞。這句話強調的是，無論你難忘初戀情人，還是椎心刺骨久久無法釋懷過往戀情，但還是要相信命中注定的緣分！相信愛，命中注定該相遇的那人，總有一天會相遇的。

1. 動詞/形容詞+(느)ㄴ다고　　:聽說～

내일 수업은 휴강한다고 들었어요.

有人說明天會停課。

오늘 얼마 전에 사귄 여자 친구와 데이트를 한다고
들었어요.

聽說今天你和不久前開始交往的那個女朋友要約會吧。

관광객들이 한국으로 여행을 갈 때 봄과 가을에 가
는 것이 좋다고 들었어요.

聽說觀光客要去韓國旅行，安排在春天或秋天比較好。

신께서 저에게 "네 죄가 뭐냐?"고 물으신다면
"이 여자를 만나고 사랑하고 혼자 남겨두고 떠난다"는 것이
가장 큰 죄일 것입니다."

主啊，如果您問我「汝之罪為何？」的話，
我會說：「遇見這女孩，愛上她，卻離開留她獨自一人」，
這是我最大的罪過啊！

電影名：約定 약속

導演：김유진

主演：朴新陽、全度妍

上映日：1998.11.14

影片簡介

　　這是一個男女雙方的條件看起來毫不般配的女醫生與黑社會老大的愛情故事。兩人在危急的情況下初次相遇，一點一滴地培養出一段令人扼腕的愛情。男主角在自己的心腹遭到對手組織殺害後，立即展開復仇行動，一條無法跨越如鴻溝般的悲悽愛情故事就此展開。這部電影由前面介紹過的《情書》和《傷心街角戀人》中演技獲得肯定的兩位演員合作而成為熱門話題，最後幾乎包辦了所有的電影節的男主角獎、女主角獎，甚至男配角獎等等，是一部充分展現出演員群堅強實力的電影。

　　這一句話是在電影尾聲，男主角去自首前，在教堂與女主角舉行了一場只有兩人的婚禮中說的。但這場婚禮和其它婚禮不同，因為如果男主角去自首，必定被處以死刑，在這樣的情況下，這也將是兩人最後一次的見面，因此更令人感到心如刀割。這可說是一心向著女主角的男主角最後一次吶喊的純純之愛，也是一段深切之情。

♥ 죄 (名) 罪

A : 남에게 죄를 짓고는 두 발 뻗고 편히 자지 못한다고 들었어요.

B : 그래서요? 그 얘기를 왜 지금 저한테 하는 거예요?

A : 정말 몰라서 그러는 거 아니죠? 어서 상사한테 가서 양심고
백하세요.

B : 알고 있었어요? 저에게도 시간이 좀 필요해요. 당분간은 모
르는 척해 주세요.

A : 聽說如果對別人犯下了罪過，就無法伸直雙腿、安穩的入睡。

B : 是這樣嗎？為什麼你現在要對我說這件事呢？

A : 你是真的不知道嗎？快點去向主管坦白吧！

B : 你一直都知道嗎？我需要一點時間。請你先裝做不知情吧！

◆ 짓다 [動] — 犯罪
◆ 편히 [副] — 安慰
◆ 당분간 [副] — 暫且
◆ 뻗다 [動] — 伸開
◆ 양심고백 [名] — 良心告白
◆ 척하다 [動] — 假裝

"사랑은 변하지 않아,
단지 사람의 마음이 변했을 뿐이지."

愛，不會變。是人的心改變罷了！。

電影名：春逝 봄날은 간다

導演：許秦豪

主演：劉智泰、李英愛

上映日：2001.09.28

影片簡介

　　錄音師男主角和地方廣播電台 PD 的女主角為了製作讓人聽見自然聲音的節目，而一起前往了捕捉聲音之旅。某一天，關係迅速變得親密的兩人要在女主角家中共度一晚，雖然男主角已深深地愛上女主角，但女主角因為曾離過婚、年紀又比男主角大，因此刻意與男主角保持距離，在這過程中，呈現了其他電影中無法看到的「感情的節制」。有質感的台詞令觀眾無法自拔地沉浸在每一景每一幕當中。這部電影獲得了評論家們對電影完整度的肯定，在 2001 年更席捲了多數「評論家協會」的電影獎。

　　這一句話出自男主角無法輕易接受女主角的分手告知，因此問女主角：「愛怎麼會變呢？」，而女主角的回答正是上面這句台詞。這句話反映出了女主角是多麼地替男主角著想，我們一般會回答：「愛當然會變！能不變嗎？」，但在這部電影中，女主角所有的一言一行無不是為了男主角著想。雖然女主角無可奈何地將男主角往外推，但男主角卻怎樣都永遠無法忘懷女主角。

♥ 단지 (副) 只是

A : 저는 정말 단지 깜짝 놀라게 해 주고 싶어서 그런 건데요.

B : 아무리 그래도 그렇지요. 이렇게까지 사람 망신을 시키면 어떡해요?

A : 누가 이런 결과를 낳을 줄 알았나요?

B : 우리는 현실에 살고 있다고요. 현실. 제발 드라마 속에서 빠져 나오면 안 돼요?

A : 我只是想嚇你一跳才這麼做的。

B : 就算如此！你這樣讓人這麼丟臉對嗎？

A : 我怎麼知道會變成這樣？

B : 我們是活在現實當中的！拜託你可以不要活在連續劇的世界裡嗎？

◆ 놀라다 [動] — 吃驚訝　　◆ 망신 [名] — 丟臉

◆ 낳다 [動] — 造成　　　　◆ 빠져나오다 [動] — 脫離

"견우야 미안해.
나도 어쩔 수 없는 여자인가 봐."

牽牛啊，抱歉。似乎我也是一個無可奈何的女人吧。

電影名：我的野蠻女友 엽기적인 그녀

導演：郭在容

主演：車太鉉、全智賢

上映日：2001.07.21

影片簡介

　　與令人害怕又異想天開、完全無法預測的約會。這部電影中出現了前所未有的野蠻女主角，有時可愛、有時清純，又有的時候美得令人窒息。或許是為了掩飾自己內心的痛楚，劇中女主角常向男主角提出蠻不講理的要求，總能引起觀眾們哄堂大笑，是一部相當新穎的搞笑愛情電影。這部電影不僅在韓國，在亞洲各個地區的高人氣更甚至可以媲美美國的《鐵達尼號》。這部電影在中國和美國重新翻拍，甚至在 2016 年推出了《我的野蠻女友 2》，由此可見這部電影受歡迎的程度。可以說，今日的全智賢是被這部電影創造出來的也不為過。

　　雖然這部電影從頭到尾始終引人發笑，但女主角其實悄悄一人準備著與男主角的離別，女主角將男主角送到另一頭的山頂後離開他，獨自消化別離的悲傷。不得不分手的女主角合理化自己的立場，然而可愛的她的吶喊怎樣都無法令人討厭，因為這個社會憧憬著、支持著她選擇的人生觀。

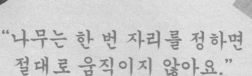

"나무는 한 번 자리를 정하면 절대로 움직이지 않아요."

樹，一旦固定了位置，就絕對再也不會移動。

- -

電影名：菊花香 국화꽃 향기

導演：李廷旭

主演：張真英、朴海日

上映日：2003.03.28

影片簡介

　　我的感傷並非因為此時是活在世上的最後一刻，而是因為我將離去而哭泣的「你」，這是女主角日記內的句子，由此可感受到這是一部令人感到悲傷心痛的電影；而男主角在初次見到女主角那天的日記中，寫下「從她的髮間散發出菊花的香氣」，刻畫出了男主角的純情之愛，可見這部電影賦予了無論女性或是男性觀眾都能夠從各自角度去解讀的選擇權。韓國人至今仍無法忘懷這部電影的其中一個理由，是因為女主角戲劇預言式地從自己的真實人生走進了電影中女主角的人生──突然罹患了胃癌，但和深愛的男人結了婚，並共度對抗病魔的日子，而最終依然離開了男主角和她的粉絲們。這真令人惋惜不已。

　　女主角罹患胃癌不知何時會離開人世，所以男主角許了自己將如同樹木一般，堅定不移的愛情觀向女主角告白，這句至純至真之情的台詞觸動女性觀眾的心弦，讓她們無止盡地感動哭泣。

88
한국어를 알아보기

"이거 마시면 우리 사귀는 거다."

喝下它，我們便會在一起。

電影名：腦海中的橡皮擦　내 머리 속의 지우개

導演：李宰漢

主演：鄭雨盛、孫藝珍

上映日：2004.11.05

影片簡介

　　這部電影翻拍自 2001 年的日劇《愛在記憶深處》，電影名《腦海中的橡皮擦》比喻使人逐漸喪失記憶的阿茲海默症，也稱為癡呆症。身為木匠的男主角和社長女兒的女主角因為命運般的相遇而結婚，但通常好發在老年人身上的阿茲海默症卻在某天找上了年輕貌美的妻子。日益衰退的記憶力讓現實生活一點也不美好，一天比一天艱難，但這是個希望以愛的力量突破逆境的羅曼史。

　　這一句話出自男主角向女主角告白的瞬間，也就是兩人初吻的場面——在小吃攤一起喝酒時，男主角突然勸起女主角酒，女主角將酒一飲而盡，兩人便成了戀人了。至今這部電影仍膾炙人口，在許多連續劇或是搞笑節目中也不斷地被拿出來模仿。

89
한국어를 알아보기

"사랑이 어떻게 변해요?"
"변해요, 사랑. 세상에 안 변하는 게 어디 있어?"
"그래도 안 변해요. 사랑은."

愛，怎會改變呢？
會變的。愛！世上哪有不會改變的呢？
即便如此也不會改變的，愛！

電影名：你是我的命運 너는 내 운명

導演：朴真表

主演：全度妍、黃正民

上映日：2005.09.23

影片簡介

　　這部電影是在報紙的一角所刊載的真實報導。罹患愛滋病的女主角和深愛她的男主角，不認同他們愛情的周遭人們的社會觀感，導演觀察這些因不認同而受到的傷害，所以製作了這部電影。36 歲老光棍的春天終於來了，對方是鄰里咖啡廳的小姐，單純的農村老光棍終於結了婚。但幸福的時光總是特別短暫，女主角想遺忘抹滅的過去找了上門，將女主角帶離了男主角身邊。之後傳來了女主角罹患愛滋病和被囚禁的消息。但男主角始終無法放下女主角，因為沒有了她，活著的每一分每一秒都無法呼吸。這部電影在電影界被評為繼承了之前曾介紹的《情書》、《約定》、《腦海中的橡皮擦》流派的具代表性的劇情片。

　　女主角因痛苦的過往回憶而不信任這世上的男人以及他們的告白，不相信他們的話，心也不曾因他們而動搖。但口頭雖然否定了眼前這個單純男人說出的「愛怎麼會變呢？」，卻也能窺見女主角心中藏著的想要相信男主角的小小期待，而男主角也明確表達出自己絕對不會改變的自信心。

"목요일 10시~1시 우리들의 행복한 시간"

星期四的十點到一點，是我們最幸福的時間。

電影名：我們的幸福時光 우리들의 행복한 시간

導演：宋海成

主演：姜棟元、李娜英

上映日：2006.09.14

影片簡介

　　這是個嚴肅地探討死刑制度問題的故事。男主角因涉嫌殺害三人而被處以死刑，女主角是曾三度試圖自殺的大學教授也是出身於大學歌謠季的知名歌手。因為女主角的修女姑姑，而和男女主角相遇，兩人交往日益深入，開始分享無法對其他人訴說的故事，雖然劇情隨者兩人逐步揭開自身內心傷痛並獲得療癒讓人欣慰，但因他們所剩的時間不多了，卻又使人心痛。以這部電影的標題組成了一個同好會，簡稱為「我幸時」，還成立了粉絲團，每一言每一句的台詞幾乎都成了經典名句。

　　這句台詞是男主角在女主角替男主角拍攝的拍立得照片上寫下的文句，是兩人生平第一次也是最後一次得到如同奇蹟的時光，電影結尾緩緩流淌，沒有人想要停止、擦乾那些超越了電影長度的感動而無止盡地流下的眼淚，這句台詞讓觀眾們將這種餘韻完整地珍藏了起來。

◎ 芝英打個岔

　　공지영 (孔枝泳) 作家 – 是韓國一位具代表性的暢銷作家，她的形象總是與社會正義等方面有直接關聯，展現行動派及實現派的風格。她的人生也如實地刻劃在她的作品當中，獲得了許多讀者的注目，一直是文壇的中心人物。特別是在 1994 年以女性人權問題為素材寫下了《像犀牛獨角一樣隻身前行》以及《對人的禮儀》、《鯖魚》等三本書，蟬連登上銷售排行榜前十名的記錄，社會上更出現了「孔枝泳綜合症」的用語。1988 年以作家身分出道以來直至 2011 年，總共銷售了超過九百萬冊，我希望在台灣韓國語的學習者們都能夠認識這位重要的作家。

91
한국어를 알아보기

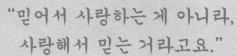

"믿어서 사랑하는 게 아니라,
사랑해서 믿는 거라고요."

人們說：「並非因為相信而愛，而是因為愛而相信」。

電影名：戀愛操作團 시라노; 연애 조작단

導演：金顯奭

主演：嚴泰雄、李 廷、朴信惠、崔 Daniyyel

上映日：2010.09.16

影片簡介

　　這是一個以法國劇作家 Edmond Rostand' 的喜劇〈Cyrano de Bergerac〉為原型，撮合想談成戀愛的人們的「戀愛操作團」的故事。「戀愛操作團」有時候像電影劇本般排練過的組織一樣進行；有時則像執行祕密作戰計畫，完美地依照制訂好的步驟撮和委託人的愛情。今日依然有許多單身的人們，這可說是一部為了不管能力或外在不夠吸引人等各類理由無法順利談成戀愛，卻依然渴望著愛的人們量身打造的電影。或許一開始是人為的操作，但最後卻感受到彼此真心終修成正果的愛情喜劇。

　　在電影的最後，男主角雖然過往一直信任著女主角，也清楚事實真相，卻為了減輕自己曾犯過錯的罪惡感，而故意假裝誤會，這一句話是為了反省自己卑鄙行為造成女主角的傷痛的台詞。人生在世，正如「先有雞？還是先有蛋？」這個問題，「是因為相信而去愛呢？」還是「因為愛而相信呢？」會依照每個人的立場和觀點而有不同的解釋，合理化了這種模糊的愛情觀。

나 위험하니까~사랑하니까. 네 곁에서 떠나는 거야.

我太危險，太深愛你。所以我要離你而去。

劇名：同感 동감

歌名：為了你 너를 위해

主演：劉智泰、金荷娜

上映日：2000.05.27

● 歌手簡介

名字：任宰範　　　　生日：1962 年 10 月 14 日
身高：182 公分　　　星座：天秤座

　　任宰範自 1986 年出道後，歷經參與多個樂團組合，在 1991 年單飛，獲得了高度的人氣。但相反地，卻很難在電視活動、甚至是採訪和公演上看見他的身影。他在歌手中算是相當低調、排斥曝光的一位。不過參加了 2011 年的〈我是歌手〉之後，他比以前出席更多活動。情侶每次經歷分別的過程中，至少必唱一次這首他的代表作品。為什麼這麼說？是因為我們幾乎可以將女性二分為聽過男朋友演唱<告解>的女性以及未曾聽過的女性。在所有韓國歌曲中，筆者最想要介紹的是名曲<告解>。希望讀過這本書的讀者一定都要聽一次這首歌。只要聽過，就一定能理解男人對愛情究竟是在咆嘯什麼。

● 音樂故事

　　只要透過 OST 的歌詞，我們就能猜測到這部電影的劇情 —— 無法在一起的兩人、無緣的愛情。雖然活在相差 21 年的不同時空之下，但是透過「無線電通話」的方式，兩人決定相約見面。隨著這個約定的交錯，兩人也跟著不斷地錯過彼此。但是兩人都無法輕易地放下對方的理由只有將這部電影看完的觀眾才能理解箇中緣故。另外這首 OST 在任宰範推出第四張專輯後，即便他不進行任何專輯的宣傳活動，卻也能在同一時期隨著這部電影的上映，獲得了銷售六十萬張以上的好成績。

"I Believe 그댄 곁에 없지만, 이대로 이별은 아니겠죠.

I Believe 雖然已不在你的身邊，但不會就這樣離吧。

劇名：我的野蠻女友 엽기적인 그녀

歌名：I Believe

主演：車太鉉、全智賢

上映日：2001.07.21

● 歌手簡介

. . . .

名字：申昇勳　　　　生日：1968 年 03 月 21 日
血型：O型　　　星座：牡羊座

　　自 1990 年申昇勳以這首自創曲作為出道作品後，直到現在已經超過 25 年，是少數自始至終獲得韓國大眾喜愛的歌手之一。他高人氣的證明，從七張正式專輯累積銷售出千萬張以上的記錄可見一斑，也創下了至今仍無法被突破的驚人紀錄。另外在 1990 年代，他也是獲得最多第一名獎項的歌手，也是頭號作曲家。柔和感性嗓音，如同抒情詩般的歌詞、舒服的曲調，在韓國人聽起來可說是演唱了最令人感到舒適的歌曲。

● 音樂故事

. . . .

　　這首 OST 出現在電影前半段的回憶場景和最後結局的場面中，帶領了這部電影前半段的走向，以及出現在全智賢於電影結尾著名台詞的瞬間。這首 OST 名不虛傳的理由是因它將感動推到最高點。不知道是不是這個原因，不僅是《我的野蠻女友》的全智賢和車太賢，甚至連申昇勳都依然被我們謹記在心中。

♥ 곁 (名) 身邊

A : 네가 지금 당장 나를 받아들이지 않아도 상관 없어. 제발 내 곁에 만 있어 줘.

B : 내 안에 네가 존재할 자리가 없는데, 네 곁에 머무는 것이 무슨 의 미가 있어.

A : 있어. 의미. 너를 직접 볼 수도 있고, 느낄 수도 있고 충분한 의미 있어.

B : 그건 의미가 있는 것이 아니라, 너 스스로를 더 괴롭게 만드는 거 야. 정말 몰라?

A : 就算妳現在當下不接受我也沒關係。我只拜託妳留在我的身邊。

B : 我的心中沒有你立足的位置,就算我留在你身邊那又有什麼意義呢?

A : 當然有意義!我可以直接就見到你,也可以感受到你。這樣當然是 有很充分的意義。

B : 那才不是有意義的事情,那只是讓你更加痛苦而已。你真的不懂嗎?

◆ 받아들이다 [動] — 接受　　◆ 머물다 [動] — 留

◆ 느끼다 [動] — 感到　　　　◆ 괴롭다 [形] — 痛苦

너에게 난 해질녘 노을처럼 한 편의 아름다운 추억이 되고

我對於你，就像日落時的晚霞，幻化成一片一片美麗的回憶。

劇名：假如愛有天意 클래식

歌名：我的妳，妳的我 너에게 난 나에겐 너

主演：孫藝珍、曹承佑、趙寅成

上映日：2003.01.30

● 歌手簡介

團名 (group)：自行車上的風景 （자전거 탄 풍경）
成員：姜仁峰（1967.1.23）、金亨燮（1968.8.11）、宋峰周（1969.10.13）
　　　2001 年三人組成了韓國知名的民謠樂團，現在則以雙人組合以及單人獨唱活動於演藝圈。較少參與電視節目和採訪，以小劇場演唱會為主要活動，演唱風格猶如在訴說故事一般的清新。

● 音樂故事

　　　聽見歌曲前四個小節的前奏時，就會令人立刻想起這部電影的著名場面，這首歌曲可以說是名曲中的名曲。這部電影是在全世界電影中難得一見，描述故事情節時經常使用下雨的場面。在韓國電影中也是如此，以這首 OST 作為背景伴隨出場的雨中場景可以說是經典之作。以文字呈現的話，這是男女主角在雨中為了躲雨而奔跑起來的場景，但重要的是與音樂的結合，呈現節奏和速度以及故事情節的發展、男女之間的情感等等，即使經歷了 10 年直到今日，也依然維持名氣不墜，可以說是「神作」。

♥ 해질녘 (名) 黃昏

A : 해질녘 퇴근 길이 가장 우울한 것 같아요.

B : 왜요? 그 때의 석양만큼 아름다운 풍경도 없을 텐데요.

A : 바로 그 풍경을 어제도 오늘도 내일도 나 혼자 쓸쓸히 바라 봐야 한다는 거예요.

B : 인생사 새옹지마라고 하잖아요. 분명 그 쓸쓸함을 덮어 줄 님이 나타날 거예요.

A：黃昏的下班之路最讓我感到憂愁了。

B：為什麼？沒有其他風景比那時候的夕陽還漂亮的吧！

A：正是因為那樣的景致，但昨天、今天、還有明天都只有我孤獨地獨自一人觀賞。

B：都說塞翁失馬、焉知非福了。一定會有人出現為你撫平那樣的孤獨的。

key word

◆ 우울하다 [形] － 憂鬱   ◆ 쓸쓸히 [副] － 冷冷清清地

◆ 인생사 [動] － 人生   ◆ 새옹지마 [形] － 塞翁失馬

◆ 덮다 [動] － 蓋上   ◆ 님 [代] － 您

95
한국어를 알아보기

인연이라고 하죠. 거부할 수가 없죠.

這就叫做命運吧！不能拒絕吧！

劇名：王的男人 왕의 남자

歌名：姻緣 인연

主演：甘宇成、李準基

上映日：2005.12.29

歌手簡介

名字：李仙姬　　　　生日：1964 年 11 月 11 日
身高：158 公分　　　血型：O 型　　　　　星座：天蠍座

　　1980 年代所發表的所有歌曲幾乎都是熱門歌曲，當時可以說是李仙姬的全盛時期。在只有哥哥部隊存在的環境下，她是擁有姐姐部隊的獨一無二女性歌手，擁有廣大的女性粉絲。她是全面獲得評論家正面評價以及音樂性和大眾性的歌手，她於 2011 年 2 月在世界級歌手們才能登上的美國卡內基音樂廳創下了 2800 個席位全數銷售一空的記錄，在紐約韓國人的演藝史上寫下了劃時代的一筆。2014 年出道 30 週年的她至今仍然持續不斷發表個人專輯、電影和連續劇 OST，也包辦了多場演唱會，活躍於演藝界。

音樂故事

　　以血汗換來發光發熱的一群興高采烈的戲子們，為了能夠演出讓王上欣賞的表演而入宮，過著「宮中藝人」的生活，經歷所有的試煉，沒有擁有任何事物、也沒有可以失去的東西，過著自由的生活，他們就算死，來生也不願意成為王，仍想成為戲子。那樣的熱情，在朝鮮時代無法想像，也不能存在「同性之戀」，這首歌曲代表了那種哀痛感，無須用更多的言語和台詞來表達。希望各位讀者們一定要找出這首歌的歌詞來咀嚼回味。

♥ 거부하다 （動）拒絕

A : 아무리 그래도 그렇지. 어떻게 저의 호의를 그렇게 단칼에 거부할 수 있어요?

B : 호의는 감사하지만, 저에게 유일하게 남은 자존심만큼은 지키고 싶어요.

A : 지금 상황에서 그 자존심이 밥을 먹여 주는 것도 아니잖아요.

B : 밥만 먹고 사는 것이 인생의 전부가 아니기에, 이만 먼저 일어설게요.

A : 不管怎樣都有點過份了。怎麼可以這樣一下子就拒絕我們的好意呢？

B : 我很謝謝你們的好意，但我還是想要守住我僅存的自尊心。

A : 在這種情況下，自尊心能當飯吃嗎？

B : 溫飽不是人生的全部！我先行告退了。

◆ 호의 [名] —好意

◆ 유일하다 [形] — 唯一的

◆ 단칼에 [副] — 一切

◆ 이만 [副] — 到此程度

96
한국어를 알아보기

자, 지금 시작해. 조금씩 뜨겁게, 우~두려워하지 마.

好，從現在開始。稍微熱情些，哦~不必畏縮。

劇名：醜女大翻身 미녀는 괴로워

歌名：Maria

主演：朱鎮模、金亞中

上映日：2006.12.14

● 歌手簡介

名字：金亞中　　　　　生日：1982 年 10 月 16 日
身高：170 公分　　　　血型：A 型　　　　星座：天秤座

　　金亞中在這部電影中並非歌手，而是電影的女主角。她親自演唱了這部電影的 OST，一躍而進了明星之列。除了這首歌以外，這部電影中的其他歌曲也是由她所演唱的。儘管她的歌唱實力相當優秀，但卻曾未以正式的歌手身分出現。至今她仍然活躍於電影和戲劇圈的活動，但是卻在 2011 年的 <sign>以後，近年來作品的火紅程度和收視率都不盡理想，看來她似乎是有必要改變她的戲劇之路。

● 音樂故事

　　夢幻身材和善良個性兼備的女主角隱藏著在 S 曲線背後那不為人知的痛苦。外表至上主義的演藝圈，在這樣的環境中隱瞞自己的存在，以嶄新的決心和勇氣打算重新出發，在她努力的過程中，這首 OST 與女主角合而為一，將觀眾們 100% 的共鳴提升到 1000%。不論是當時沒有自信心的女性，或是站在人生懸崖邊上那些需要挑戰和勇氣的人們，這首歌都帶給了他們相當大的力量。不知道是不是因為如此，就算經過了這麼長的一段時間，現在唱 KTV 的聚會中，這首歌依然是韓國人們經常點播的一首歌曲。

♥ 두려워하다 (動) 害怕，畏縮

A : 도전을 두려워한다면 결코 '우물 안 개구리'에서 벗어날 수 없는 것 같아요.

B : 저도 그렇게 생각하지만, 막상 도전을 하려고 하면 현실이 녹록하지 않네요.

A : 스스로가 두려워하는 마음을 극복하고 용기를 낸다는 것이 쉽지 않은 것 같아요.

B : 맞아요. '우물 안 개구리'에서 벗어나고 싶지만, 그것은 어느새 이상이 된 듯해요.

A : 如果害怕挑戰的話，就絕對無法脫離「井底之蛙」的處境。

B : 雖然我也是這麼想，但正當想面對挑戰的時候，實際上又不是這麼輕易簡單的。

A : 鼓起獨自克服害怕的心態的勇氣似乎不是這麼容易呢。

B : 對呀！雖然想要脫離「井底之蛙」，但是不知不覺地這也變成了一種理想！

key word

◆ 우물 안 개구리 [俗語] ─ 井底之蛙　　◆ 벗어나다 [動] ─ 擺脫

◆ 막상 [副] ─ 真的　　◆ 녹록하다 [形] ─ 輕易

97
한국어를 알아보기

아마도 그건 사랑이었을 거야. 희미하게 떠오르는 기억이.

也許是那就是愛請。依稀想起的記憶。

劇名：急速醜聞 과속 스캔들

歌名：也許是那樣 아마도 그건

主演：車太賢、朴寶英

上映日：2008.12.03

● 歌手簡介

名字：朴寶英　　　　生日：1990 年 02 月 12 日
身高：158 公分　　　血型：O 型　　　星座：水瓶座

其實朴寶英並非歌手，而是在韓國以演技獲得廣大注目的演員。朴寶英不僅僅以一部電影榮登當年的新人獎八冠王，也因為這首 OST 證明了她優越的歌唱實力，比起其他參與電影和連續劇 OST 的歌手，散發了更多感性的嗓音。她以 2012 年與宋仲基合作的《狼少年》以及 2015 年與曹政奭合拍的連續劇《OH! 我的鬼神大人》在台灣打開知名度。

● 音樂故事

36 歲就當了爺爺！在這則令人震驚的醜聞中，居然出現了一個他完全不知道存在的女兒。這個女兒為了拉近和父親之間的關係，透過廣播節目的管道慢慢地開始接近，然後突然出現在「廣播大賽」上，為了證明身上留著過去曾為偶像歌手的父親的血液，最後以比其他參賽者更加優越的歌唱能力打開了父親緊緊閉上的心門，是一首在劇情開展上轉折關鍵的重要歌曲。

희미하다 (形) 模糊的，依稀的

A : 정말 잊고 싶지 않은 사람이 있어요.

B : 아마도 첫 연인이겠죠? 누구에게나 다 그 정도의 추억은 있기 마련이니까요.

A : 그런데 제 바람과는 달리 제 기억력이 점점 희미해져요. 너무나도 슬프게도요.

B : 그러게요. 기억력이라는 게 붙들어 놓으려고 해도 붙들어지지 않더라고요.

A : 我有一個真的不想忘記的人。

B : 應該是你的初戀情人吧？不論是誰，都一定會有這樣的回憶。

A : 不過，與我所希望的不同，我的記憶正漸漸地變得模糊。真的是讓我很傷心。

B : 就是呀！記憶這種東西是就算想要留住，卻怎麼樣留不住的。

key word

◆ 마련이다 [動] ― 難免   ◆ 바람 [名] ― 希望

◆ 너무나 [副] ― 太   ◆ 붙들다 [動] ― 抓住

Oh you can't tell me why
Oh no please don't tell me why

劇名：大叔 아저씨

歌名：Dear

主演：元斌、金賽綸

上映日：2010.08.04

● 歌手簡介

團名 (group)：Mad Soul Child
成員：DJ - CHAN WOO(男)、VOCAL - JINSIL(女)、VJ - KWON（男）

Mad Soul Child 是男女混聲團體，以這一首 OST 獲得了大眾的注目。特別是女主唱的音色是沙啞的中低音，她以這種夢幻的音色吸引了一群愛好者。直到現在他們依然持續不斷活躍地參與 CF 背景音樂和連續劇 OST，但可惜的是他們從未發行過正式專輯。

● 音樂故事

因為身為秘密特工的悲劇人生，打算隱世而居，但卻意外地介入了一個少女的囚禁事件，為了救出少女，必須迎面對抗惡勢力。在惡勢力的巢穴中，掀起了一場腥風血雨，隨著激烈的打鬥，這首 OST 將影像的美和音樂的調和發揮到淋漓盡致，可說是壓倒性勝利成功的傑作。筆者我在想，在未來有生之年是否還能再見到這樣經典的 OST 呢？回味、回味再回味也不嫌多，總是讓人想要一輩子愛著這首歌曲。

242

우~우~우~, 풍문으로 들었소.

그대에게 애인이 생겼다는 그 말을.

嗚~嗚~嗚，我聽到了傳聞。他有了愛人的那個傳聞。

劇名：與犯罪的戰爭：壞傢伙的全盛時代 범죄와의 전쟁

歌名：記憶的習作 풍문으로 들었소

主演：崔岷植、河正宇、趙鎮雄

上映日：2012.02.02

● 歌手簡介

團名 (group)：Kiha & the Faces 　　　　成員：張基河與臉孔們

名字：張基河　　　　生日：1982 年 02 月 20 日

身高：182 公分　　　　星座：雙魚座

　　張基河與臉孔們不隸屬於大型的經紀公司，志在將自己想做的音樂傳遞到全世界的地下樂團，是最具代表性、大眾化的樂團之一。2008 年發表的第一張專輯主打歌〈廉價咖啡〉和 2009 年的〈我們現在見面〉連續地成為暢銷歌曲。他們似歌非歌、似饒舌非饒舌的唱法，讓年輕族群們感到新鮮，人氣相當旺。

● 音樂故事

　　1990 年在韓國宣布了總統「與犯罪的戰爭」。在那個時代、那個時候，身為一般海關公務員的男子，十年間如何改變。80 年代，不見正義和倫理，而是由權力支配著、拳頭和權力共存。很不幸地，和現今 21 世紀著實相似。在這樣的結構下，沒有任何一件事是真實的。因為傳聞而引來的謊言和陰謀，以及算計等等這些場面出現時，傳來了這首 OST，除了它經典的旋律，如果大家能夠體會歌詞中的含意那就更好了。

例子

♥ 풍문 (名) 傳聞

A : 요즘은 '풍문'이라는 단어의 표현을 듣기가 어려운 것 같아요.

B : 맞아요. '풍문'이라는 표현 대신 '찌라시(ちらし)'라는 단어가 더 익숙하네요.

A : 한국어의 바른 사용을 위해서라도 이러한 부분들부터 개선이 되어야 할 텐데요.

B : 이래서 습관이라는 것이 무섭다라는 소리를 하는 것 같 아요.

A : 最近似乎很難聽到「傳聞」這個單詞呢。

B : 對呀！比起「傳聞」，「風聲」這個單詞大家更熟悉。

A : 為了正確使用韓文，似乎有必要從這些部分加以改善。

B : 所以人們才說習慣是很可怕的吧！

key word

◆ 대신 [名] 一代替

◆ 익숙하다 [形] 一 熟悉

◆ 바르다 [形] 一 正確的

◆ 개선 [名] 一 改善

이제 버릴 수 없다고, 횡한 웃음으로 내 어깨에 기대어

妳說如今已承受不了，用那疲憊的笑容倚靠在我的肩膀吧。

劇名：初戀築夢 101 건축학 개론

歌名：記憶的習作 기억의 습작

主演：嚴泰雄、韓佳人、李帝勳、裴秀智

上映日：2012.03.22

● 歌手簡介

名字：金東律　　　　　　生日：1974 年 03 月 15 日
身高：177 公分　　　　　血型：Ａ 型　　　　星座：雙魚座

　　事實上這首歌是金東律的歌曲，也可以說是男子雙人團體全嵐淮的歌曲。但是對現在單飛的金東律來說，這首歌是他個人專輯中的熱門歌曲，也是他的代表作之一，直到現在這首歌的人氣依舊未減。金東律柔和甜美的嗓音無論在想去旅行的春天、雨下個不停的夏季、孤獨的秋天以及冰寒徹骨的冬天這四季反覆聽起來，都不會讓人感到厭倦。

● 音樂故事

　　秀智堪稱是全韓國男性的初戀情人，而讓秀智發光發熱的正是這部電影。劇中男女主角是對方的初戀情人，但經過了相當長一段時間之後才再次相遇，這才漸漸地、一點一滴地想起了過去的回憶。這首歌將兩人連結在這段回憶中，如同珠璣般的歌曲讓 1990 年代時談戀愛的情侶留下了深刻的印象，也帶領著他們體會愛情。單純、初戀、甜蜜、金東律——這些都因為這首歌曲而被連結在一起。

♥ 버티다 (動) 忍耐

A : 저요. 이제는 더 이상 버틸 수 없을 것 같아요.

B : 지금까지 잘 참았잖아요. 조금만 더 기다려 보세요.

A : 연락을 준다고 했던 사람은 온 데 간 데 없고, 지금이 며칠째인
지 모르겠어요.

B : 누구보다 의지가 강한 친구인 거 아시잖아요. 분명 연락이 올
거예요.

A : 我呀！似乎已經無法再堅持下去了。

B : 你不是堅持到現在了嗎？再等等看吧！

A : 說要跟我聯絡的人卻不知去向，現在都已經過了幾天了！

B : 你不是很清楚他是比其他朋友都還要深厚穩固嗎？他一定會跟
你聯絡的！

♥ 휑하다 (形) 深陷

A : 눈이 휑한 것이 무척 피곤해 보여요. 빨리 가서 좀 쉬어야 되는
거 아니에요?

B : 말도 마세요. 연말 결산을 하느라고 회사 전체가 비상이에요.

A : 아무리 그래도 그렇지. 몰골이 그게 뭐예요. 정말 속상해 죽겠
어요.

B : 오늘도 간신히 겨우 빠져 나온 거예요. 자, 우리 다른 재미있는
이야기해요.

A：你眼神空空洞洞的，看起來一副很累的樣子。是不是
　　應該快點去休息一下呢？

B：別說了！因為年底結帳的關係，現在全公司都進入了
　　緊繃狀態！

A：話是這麼說沒錯。不過你這副樣子是怎麼樣呢？我快
　　要心疼死了。

B：今天也是好不容易才逃出來的！來吧！我們說點其他
　　有趣的事情吧！

- ◆ 의지 [名] — 意志
- ◆ 연말 [名] — 年底
- ◆ 전체 [名] — 全體
- ◆ 몰골 [名] — 嘴臉
- ◆ 겨우 [副] — 好不容易
- ◆ 강하다 [形] — 強
- ◆ 결산 [名] — 結算
- ◆ 비상 [名] — 緊急
- ◆ 간신히 [副] — 勉強地
- ◆ 다르다 [形] — 別的

음~생각을 말아요. 지나간 일들을,
음~그리워 말아요. 떠나갈 님인데.

別再想了，那些逝去的對話。別再思念了，那將要遠行的人。

劇名：奇怪的她 수상한 그녀

歌名：白色蝴蝶 하얀 나비

主演：沈恩敬、羅文熙

上映日：2014.01.22

● 歌手簡介

名字：沈恩敬　　　　　生日：1994 年 05 月 31 日
身高：163 公分　　　　血型：B 型　　　　星座：雙子座

　　大概沒有人能夠認出 2003 年演出連續劇《大長今》中反派角色的沈恩敬。自此後 10 多年間，她持續地努力希望為能夠成為堂堂正正的女主角。她以這部電影成了韓國最具權威的頒獎典禮之一「百享藝術大賞」最年輕的女主角獎，一展鴻圖氣勢。另外，這部電影的風格以及演員的演技都獲得相當高的評價，讓人不禁期待他日後的作品。

● 音樂故事

　　變身 20 歲美麗少女的七旬老奶奶開始了燦爛人生？這種令人無法置信的事情就發生在一般人去拍照的照相館裡。她回到了以前年輕的時候，讓觀眾們重新思考「人生」這件事。觀賞完電影之後，觀眾一致肅然了起來，覺得百感交集、不知所措、內心沉寂。這時候，這首歌慢慢地響起，不知何時讓人眼角流下了淚水。為什麼？因為過去時光的回憶一幕一幕如走馬燈般地被喚起。大家重新感受我也曾經有年輕的時候、曾有過美麗的時候、曾有害羞而心臟噗通噗通地跳動的時候，這就是人生啊。

●編輯後記

　　學語言就是要很輕鬆、很快樂！讓你自己有熱情和動力來學習，一定會是最有效的。當你學了基本的發音和簡單的文法後，就可以嘗試找各種素材來增進自己聽、說、讀、寫的技能，學習韓語的朋友當然不能錯過韓劇、韓歌、韓國電影等等接觸流行文化的機會，希望這本小書能培養你善用資源學習的習慣，每看一部韓劇、聽一首韓歌就學幾句話、查幾個單字，日積月累也能學習到很多實用的單字或用法，從中也更了解韓國的文化和韓國人的思維。更何況，韓劇裡包含了人與人之間的對話、表達情緒的方式、爬梳歷史文化的脈絡，能夠讓你聽得到更多語言的運用、能更精準地表達自己的想法。

　　如果說旅行打開了認識這個國家一扇窗，語言或許也可以說打開了這個國家的一扇門，你可以更深入地體會這個國家的人情地物，當你走到當地、交一個朋友、聽一首歌，你都可以當作自己豐富學習的材料，相信你的視野會更加寬廣。

　　　　　　　　　　　　　　　　　　　　　　　　　小編

Linking Korean

跟著韓劇韓歌學韓語：101句不能忘的經典

2016年8月初版   定價：新臺幣390元

有著作權・翻印必究

Printed in Taiwan.

著　　者	朴芝英	
審　　訂	楊人從	
譯　　者	鄒雨靜	
總 編 輯	胡金倫	
總 經 理	羅國俊	
發 行 人	林載爵	

出　版　者	聯經出版事業股份有限公司	叢書主編	李　芃
地　　　址	台北市基隆路一段180號4樓	校　　對	이진빈
編輯部地址	台北市基隆路一段180號4樓	整體設計	賴雅莉
叢書主編電話	(02)87876242轉226	錄　　音	朴芝英
台北聯經書房	台北市新生南路三段94號		王稚鈞
電　　　話	(02)23620308		
台中分公司	台中市北區崇德路一段198號		
暨門市電話	(04)22312023		
台中電子信箱	e-mail：linking2@ms42.hinet.net		
郵政劃撥帳戶第	0100559-3號		
郵撥電話	(02)23620308		
印　刷　者	文聯彩色製版有限公司		
總　經　銷	聯合發行股份有限公司		
發　行　所	新北市新店區寶橋路235巷6弄6號2樓		
電　　　話	(02)29178022		

行政院新聞局出版事業登記證局版臺業字第0130號

本書如有缺頁，破損，倒裝請寄回台北聯經書房更換。   ISBN　978-957-08-4776-5 (平裝)
聯經網址：www.linkingbooks.com.tw
電子信箱：linking@udngroup.com

國家圖書館出版品預行編目資料

跟著韓劇韓歌學韓語：101句不能忘的經典
/朴芝英著．楊人從審訂．鄒雨靜譯．初版．臺北市．
聯經．2016年8月（民105年）．256面．14.8×21公分
（Linking Korean）
ISBN　978-957-08-4776-5（平裝附光碟）

1.韓語　2.韓語學習

803.28　　　　　　　　　　　　　　　105011837